Andrea Tillmanns
Mathilda tanzt

Andrea Tillmanns

Mathilda tanzt

Ein Gartenkrimi

Impressum

Bibliografische Information der Deutschen Nationalbibliothek:
Die Deutsche Nationalbibliothek verzeichnet diese Publikation in der Deutschen Nationalbibliografie; detaillierte bibliografische Daten sind im Internet über http://dnb.dnb.de abrufbar.

Die automatisierte Analyse des Werkes, um daraus Informationen insbesondere über Muster, Trends und Korrelationen gemäß §44b UrhG („Text und Data Mining") zu gewinnen, ist untersagt.

© Andrea Tillmanns
Überarbeitete Neuauflage 2025
Titelfoto: Helga Tillmanns

Verlag: BoD · Books on Demand GmbH, Überseering 33, 22297 Hamburg, bod@bod.de

Druck: Libri Plureos GmbH, Friedensallee 273, 22763 Hamburg

ISBN: 978-3-8192-9910-0

Inhaltsverzeichnis

Kapitel Eins

Der Gesang der Amseln weckte Mathilda. Noch eine Stunde bis Sonnenaufgang, dachte sie mit geschlossenen Augen. Der Tag versprach schön zu werden. Fast wolkenlos, hatte der Wetterbericht angekündigt. Ein perfekter Tag für den „Tag der offenen Gartentür", an dem sie in diesem Jahr zum ersten Mal teilnahm.

Ein bisschen nervös war sie schon, gestand sie sich ein und öffnete nun doch die Augen, um einen Blick auf den Wecker zu werfen. Halb fünf – das war definitiv zu früh zum Aufstehen. Die ersten Besucher würden nicht vor elf Uhr kommen. Das war zumindest die Zeit, die sie angegeben hatte. Die meisten Aachener Gärten wurden um elf Uhr geöffnet, wobei Mathilda ihren Gästen gerne auch gezeigt hätte, wie zutraulich die Vögel in den frühen Morgenstunden auf den Rasenflächen nach Futter suchten oder in den Büschen und Bäumen saßen und sangen. Aber die Organisatorin der Veranstaltung, mit der sie kurz telefoniert hatte, war von dieser Idee wenig begeistert gewesen. „Sonntagmorgens um acht wird noch niemand zu Ihnen kommen wollen", hatte die Dame behauptet. „Öffnen Sie um elf, wie es die meisten tun, oder vielleicht um zehn, wenn Sie das für sinnvoll halten … aber weshalb wollen Sie nicht noch in Ruhe frühstücken, ehe die Besucherströme kommen?"

Bei dem Wort „Besucherströme" hatte Mathilda sofort dem späteren Beginn zugestimmt. Menschenmassen wollte sie eigentlich gar nicht in ihrem Garten haben. Wenn Else und Irmtraud, ihre Nachbarinnen zur Linken und zur Rechten, nicht so überzeugend gewesen wären, dann hätte Mathilda sowieso gar nicht bei dieser Aktion mitgemacht. Dann würde sie sich jetzt noch einmal umdrehen und weiterschlafen. Später würde sie ein paar verwelkte Blüten abzupfen, vielleicht einige junge Löwenzahnpflanzen aus dem Rasen ausstechen und sich dann auf die halbschattige Bank unter dem alten Apfelbaum setzen. Sie würde in einem ihrer zahlreichen Gartenbücher blättern und sich überlegen, ob sie wirklich fünf Reihen Kartoffeln brauchte, oder ob sie nicht eine Reihe in ein weiteres Beet mit Wildblumen umwandeln könnte. Je länger sie alleine lebte, desto mehr Blumen schienen sich auf wundersame Weise in ihrem Garten anzusiedeln und den Nutzgarten Stück für Stück zurückzudrängen. Dass das mit ihren regelmäßigen Besuchen auf dem Wochenmarkt und im Blumenladen zu tun haben könnte, war Mathilda natürlich klar. Vielmehr erstaunte es sie, wie leicht es ihr fiel, die Kartoffeln, Erdbeeren, Möhren, Gurken und Kopfsalate aufzugeben, nur um weiteren Blumen eine Heimat bieten zu können. Manchmal hatte sie das Gefühl, immer mehr Schönes um sich herum haben zu wollen, je älter sie wurde. Und Blumen gehörten für sie zu den schönsten Dingen, die es auf der Welt gab.

Heute aber, fiel ihr wieder ein, war kein Sonntag wie jeder andere, und so schaltete sie schließlich die Nachttischlampe ein, starrte noch einen Moment an die holzvertäfelte Decke und stand dann auf. Nachdem sie nachts gelüftet hatte, war es angenehm kühl im Schlafzimmer, und auch im Bad, das sich jetzt im Sommer schnell aufheizte, war noch die Frische der Nacht gespeichert.

Nach der Hitze der letzten Tage genoss sie es, zumindest eine Zeitlang nicht zu schwitzen. Die ganze letzte Woche war es heiß gewesen, und mit jedem weiteren Tag hatte Mathilda sich mehr Sorgen gemacht, dass die empfindlicheren Blumen nicht bis heute durchhalten würden. Überhaupt begriff sie nicht mehr, wie sie sich von ihren Nachbarinnen überreden lassen konnte, am heutigen „Tag der Offenen Gartentür" teilzunehmen. Weshalb hatte sie den Sonntag nicht einfach genießen können, statt sich diesen Stress anzutun?

Während sie zum Frühstück wie üblich viel Käse auf wenig Brot aß und ihren ersten Tee trank, beruhigte Mathilda sich langsam ein wenig. Vielleicht würde es ja doch schön werden. Vielleicht kämen ja gar keine Besucherströme, sondern nur wenige und dafür besonders nette, interessierte Menschen. Vielleicht bot sich sogar die Gelegenheit, jemanden kennenzulernen, mit dem sie sich über Gärten austauschen konnte ... denn ihre Nachbarinnen bevorzugten durchgehend einen Nutzgarten mit einigen praktischen Apfelbäumen, die man leicht mit dem Aufsitzmäher umfahren konnte. Eine richtige Gartenlandschaft, wie Mathilda sie in den letzten Jahrzehnten angelegt hatte, mit versteckten Ecken zum Träumen und Lesen, gab es in diesem Bereich der Horbacher Straße sonst nicht. Selbst den Gemüsegarten hatte sie mit in die Gestaltung einbezogen und den Nutzgarten für Kartoffeln und ähnliches hinter niedrigen Hecken und sommerlichen Blütenmeeren verborgen. Vielleicht käme ja zufällig eine andere Gartenfreundin vorbei, mit der sie sich unterhalten könnte ...

„Stell dich nicht an, Mathilda, du kommst auch alleine zurecht", murmelte sie und stand auf, um den Frühstückstisch abzuräumen. „Alleine" war schließlich nicht gleichbedeutend mit „einsam", solange sie ihren Garten hatte, ihr Haus und nicht zuletzt Tausende von Büchern.

Sie blickte auf die Uhr. Kurz vor sechs. Mathilda spülte, putzte über die Wohnzimmerschränke, nur für den Fall, dass einer der Gäste mit ins Haus wollte, was sie eigentlich nicht vorgesehen hatte. Wo sie gerade dabei war, wischte sie auch die Küchenschränke feucht ab.

Gegen sieben gestand sie sich endlich ein, dass sie sowieso keine Ruhe hatte, ehe sie nicht noch einmal durch ihren Garten spaziert war. Sie musste wenigstens sichergehen, dass die Nachbarskatzen nicht wieder mitten auf dem Rasen ihr Geschäft verrichtet hatten. Oder womöglich auf einem der schmalen Wege zwischen den Staudenbeeten versteckt ... das würden ihr die Besucher sicher nie verzeihen, wenn sie mitten in ihrem Garten in Katzenkacke träten.

Rasch zog sie sich eine dünne Strickjacke über, nahm vorsichtshalber gleich eine Plastiktüte mit, um eventuelle „Geschenke" der Tiere aus der Nachbarschaft aufzusammeln, und trat auf die Veranda hinaus.

Die hölzernen Planken gaben unter ihren Füßen leicht nach. Mathilda mochte es, wie sich die gerippten Balken anfühlten, besonders im Hochsommer, wo sie selbst mittags nicht so heiß wurden wie Steinplatten. Wenn sie viel Zeit hatte, zog sie manchmal die Schuhe aus und versuchte mit bloßen Füßen die Unebenheiten im Holz zu ertasten, die unterschiedlichen Temperaturen, je nachdem, wie lange die Sonne eine Stelle schon gewärmt hatte. Jetzt aber flackerte ihre Nervosität wieder auf und ließ ihr keine Ruhe für solche Gedanken.

Links zwischen den einzelnen Töpfen und Pflanzkübeln am Rand der Veranda, wo die weißen Kletterrosen die Garagenwand zu großen Teilen überwucherten und dazwischen die ersten Hauswurzen sich in die Höhe zu recken begannen, war jedenfalls nichts zu sehen – und vor allem nichts zu riechen. Das einzig Gute an den Hinterlassenschaften der Nachbarskatzen war in Mathildas Augen, dass man diese auch ohne Lesebrille fand, solange man sich auf seine Nase verließ.

Sie folgte dem geschlungenen Weg links um das erste Rondell mit den Rosen herum und beobachtete dabei aufmerksam das kurzgeschnittene Gras und die wenigen freien Flächen zwischen den Blumen auf beiden Seiten des Rasens. Hier war alles in Ordnung. Der Kaffeesatz, ein Tipp der Verkäuferin im Supermarkt, schien bisher wirklich gut gegen die ständigen Besuche der Katzen zu helfen.

Weiter ging es durch die Engstelle zwischen dem alten Nussbaum zur Linken und dem ewig wuchernden Holunder zu ihrer Rechten. Auch hier war alles in Ordnung. Sie hob ein paar Blätter vom Rasen auf. Normalerweise war Mathilda nicht so penibel, aber heute sollte alles ordentlich aussehen.

Aus dem Insektenhotel, das links an dem efeuüberwachsenen Unterstand für das Brennholz hing, hörte sie das Summen der Bienen, und aus dem rot gestrichenen Teil des großen Kastens startete gerade eine Schwebfliege in den Tag.

Im nächsten Beet suchten schon die ersten Hummeln und Bienen an den blauen Blüten der Katzenminze nach Leckereien, und auch bei den weißblühenden Funkien und den rosafarbenen Glockenblumen gleich daneben herrschte bereits reger Verkehr.

Mathilda nahm das als gutes Omen. Es würde ein schöner Tag werden. Besonders, nachdem der Grünspecht gleich vor ihr über den Rasen hüpfte, sie kurz ansah, in der Erde pickte und dann in aller Ruhe weiterlief. Dieser morgendliche Frieden war es, den sie gerne mit ihren Gästen geteilt hätte.

Langsam ging Mathilda weiter und folgte dem Rasen, der sich zwischen den Beeten entlangschlängelte, bis zu ihrem kleinen Gemüsegarten, der von Weitem betrachtet etwa die Form einer Blüte mit runden Blättern hatte – auch wenn sie zugeben musste, dass man für diese Deutung ein Mindestmaß an Phantasie brauchte. Wenigstens waren die Ränder der einzelnen Beete breit genug gepflastert, um darauf problemlos gehen und auch mal von ihnen aus arbeiten zu können, ohne in die Erde treten zu müssen.

Nur die Kartoffeln hatte sie hier nicht unterbringen können. Obwohl sie den hintersten Bereich des Gartens, den eigentlichen Nutzgarten, mit den Besuchern gar nicht betreten wollte, kontrollierte sie dennoch vorsichtshalber auch hier, ob alles in Ordnung war. Die Brombeer-, Himbeer- und Johannisbeersträucher am Zaun zu den linken Nachbarn hin ließen ein wenig die Blätter hängen, aber das war normal bei der momentanen Hitzewelle. Die Kartoffelpflanzen waren kräftig, ihnen machte die Trockenheit noch nicht viel aus. Rechts vom Hauptweg, abgetrennt durch uralte Rhododendron-Büsche, war noch ihre „Hochsommer-Ecke" zu finden, mit den kleinen weißen Metallstühlen und der verrückten Holzbank mit dem breiten hölzernen Dach, die Mathilda irgendwann einmal aus dem Gartenkatalog bestellt hatte und auf der es sich selbst im stärksten Sonnenschein gut aushalten ließ.

Und wo jetzt, obwohl die Sonne noch tief stand, ein Mann saß.

„Hallo, Sie da – es ist aber noch viel zu früh", sagte Mathilda, ohne darüber nachzudenken, was dieser Mann in ihrem Garten zu suchen hatte. Natürlich war er ein verfrühter Besucher, was sonst? Einen Augenblick freute sie sich sogar, dass sie den morgendlichen Frieden in ihrem Garten nun doch mit jemandem teilen konnte. Dann fiel ihr auf, wie ruhig der Mann dort saß. Sie konnte sein Gesicht nicht erkennen, dazu hatte er seinen Strohhut zu tief in die Stirn gezogen.

Ob er vielleicht eingenickt war, während er auf die offizielle Öffnung ihres Gartens wartete? Oder war er ein Obdachloser, der hier übernachtet hatte?

Langsam mischte sich ein wenig Ärger in ihre Vorfreude. Das gehörte sich nicht. Auch wenn er offensichtlich nichts zerstört hatte, als er wohl vom Feld hinter dem Garten über den Holzzaun auf ihr Grundstück geklettert war – er hätte sich zumindest anmelden können. Oder aber rechtzeitig wieder verschwinden. Und wenn das wirklich ein Obdachloser war, hätte sie ihm doch die Gartenlaube aufschließen und ihm ein belegtes Brot machen können. Hier in Laurensberg gab es keine Einbrecher oder andere böse Menschen, davon war sie überzeugt. Sie hätte wirklich kein Problem damit gehabt, den Mann eine Weile in der Laube zu beherbergen.

„Sie da, wachen Sie auf!", sagte sie, nun schon etwas lauter, und rüttelte ihn an der Schulter.

Der Mann kippte langsam zur Seite und schlug mit dem Kopf auf die Armlehne, ohne darauf zu reagieren. Das Geräusch ließ sie zurückzucken. Entsetzt starrte Mathilda auf das bleiche Gesicht, das nun sichtbar wurde, während der Hut über den Boden rollte und ein paar Schritte weiter liegen blieb. Das Blut war merkwürdigerweise auf der falschen Seite des Kopfes, gar nicht auf der linken, mit der er auf die Lehne geschlagen war.

Instinktiv griff sie in die Jackentasche nach ihrem Handy, das sie auch jetzt, wie so oft, im Haus vergessen hatte. Während sie versuchte, tief ein- und auszuatmen und die aufsteigende Panik zu unterdrücken, starrte Mathilda weiter auf den Mann, der dort in einer grotesk verdrehten Haltung auf ihrer Lieblingsbank lag. Und dann erst begriff sie, dass er nie wieder aufwachen würde.

Die Stimme der Nachbarin riss Mathilda aus ihrer Erstarrung. „Und, alles in Ordnung?", rief Irmtraud von ihrer Veranda aus. „Alles vorbereitet? Können die Besucher kommen?"

„Ja ... natürlich, alles in Ordnung", antwortete Mathilda mechanisch. Sie warf einen Blick auf die

Uhr. Fast halb acht. Ab elf erwartete sie die ersten Besucher. Dreieinhalb Stunden Zeit. Wie lange brauchte die Polizei für die Spurensicherung? Mathilda kannte sich mit solchen Dingen nicht aus. Am liebsten hätte sie bis zum Abend gewartet, wenn sie um fünf ihre Gartentür wieder abschließen konnte, und dann erst die Polizei angerufen. Aber dass das keine gute Idee war, ahnte sie auch ohne große Erfahrung in Kriminalfällen. Und davon abgesehen – was, wenn einer ihrer Gäste diese Ecke betreten wollte? Auch wenn sie vom Großteil des Gartens – und zum Glück auch von den Nachbarn und vom Feld aus – nicht einsehbar war, konnte Mathilda dennoch nicht verhindern, dass jemand dem kleinen Weg zwischen den Rhododendren hindurch folgte und dann unvermittelt vor dem Toten stand.

Es half nichts – sie musste jetzt die Polizei anrufen und einfach darum bitten, dass sich die Leute beeilten. Und am besten möglichst leise arbeiteten. Was würden die Nachbarn sagen, wenn sie erführen, dass in Mathildas Garten ein Toter gefunden worden war … Das mochte sie sich gar nicht ausmalen.

„Kann ich dir noch irgendwie bei den Vorbereitungen helfen?", rief Irmtraud.

„Nein, danke, hier ist alles soweit fertig", antwortete Mathilda, ohne darüber nachzudenken. Sie ging ein paar Schritte näher auf die Statue zu, die halb zwischen Efeu und Clematis verborgen hinter der Metallsitzgruppe stand. „Waltzing Matilda“ hatte Hannes sie genannt, als er sie ihr vor ein paar Jahren zum Sechzigsten geschenkt hatte. Tatsächlich sah die abstrakte Figur ein wenig aus wie eine Frau, die alleine Walzer tanzte. Mathilda hatte sie hier untergebracht, wo keine der neugierigen Nachbarinnen sie sehen und Fragen stellen konnte. Schließlich sollten keine Gerüchte aufkommen, dass sie jemanden kennengelernt hatte. Hannes war ein alter Schulfreund, mehr nicht.

Jetzt aber erschien ihr diese Idee nicht mehr so gut. Denn auf dem polierten Stahl entdeckte Mathilda dunkle Flecken, die gestern noch nicht dort gewesen waren. Und der Zusammenhang mit dem Toten gleich daneben war selbst für Mathilda, die sich eigentlich nur noch für Blumen interessierte, unübersehbar.

„Polizei? Ja, guten Morgen, Mathilda Müller hier.“ Sie schluckte, dann fuhr sie fort: „In meinem Garten liegt ein toter Mann, den jemand erschlagen hat.“ Das hätte man bestimmt auch intelligenter formulieren können, fiel ihr auf. Aber in dieser Situation waren andere Dinge wichtig. „Ich wohne an der Horbacher Straße, in Laurensberg“, fügte sie hinzu. „Wenn Sie von der Roermonder Straße in Richtung Horbach abbiegen ...“

„Das finden wir schon“, unterbrach sie die junge Frau am anderen Ende der Leitung. „Bitte bleiben Sie in der Nähe des Telefons, fassen Sie am Tatort nichts an und warten Sie, bis die Kollegen kommen.“

„Natürlich", antwortete Mathilda frostig. Das hatte sie sich auch selbst denken können. Andererseits – vielleicht gab es ja auch Menschen, die sich noch viel unbedarfter anstellten als sie selbst, wenn sie einen Toten fanden. Die Polizistin in der Telefonzentrale konnte schließlich nicht wissen, dass Mathilda sich nicht immer nur mit Blumen beschäftigt hatte.

Während sie auf die Polizei wartete, fraß sich die Sorge kalt in ihren Magen. Was würde nun geschehen? Wenn sie ehrlich war, konnte sie sich nicht vorstellen, dass die Spurensicherung pünktlich um elf fertig wäre. Und selbst wenn – würde der Tatort nicht abgesperrt werden? Denn das war ein Teil ihres Gartens – ein Tatort. Nicht nur ein Fundort, was ja schon schlimm genug gewesen wäre. Irgendjemand hatte dem Mann dort auf ihrer Sonnenschutzbank ihre Statue gegen den Kopf geschlagen und ihn damit vermutlich getötet. Aber wer tat so etwas? Und weshalb?

Mathilda schüttelte den Kopf. „Unbegreiflich", murmelte sie. Die ganze Situation wirkte wie in einem Film – in einem Horrorfilm, genaugenommen. Wer brachte ausgerechnet in ihrem friedlichen Garten, der für Mathilda immer eine Oase der Ruhe inmitten der hektischen Stadt dargestellt hatte, einen anderen Menschen um?

Sie schwankte noch immer zwischen einer undefinierbaren Furcht vor dem, was nun auf sie zukommen würde, und wachsendem Ärger auf den Menschen, der ihren Garten entweiht hatte, als die Polizei kurz darauf eintraf. „Morgen, Hauptkommissar Saatkamp, meine Kollegin Kommissarin Schlangen", stellte der Mann sich knapp vor und schüttelte ihre ausgestreckte Hand. „Frau Müller, wo haben Sie den Toten entdeckt?"

„Müssen wir nicht auf die Spurensicherung warten?", erkundigte sich Mathilda.

„Die rufen wir gleich dazu", erklärte die junge Frau, die entgegen ihrem Namen sehr hübsch und sehr blond war und einen sympathischen Eindruck machte. Ihr Chef war deutlich älter und wirkte trotz seines Bauchansatzes und der bequemen Strickjacke über dem Hemd nicht sonderlich gemütlich.

Mathilda nickte verstehend. „Sicher werden Sie häufig zu angeblichen Mordfällen gerufen, bei denen sich die Leiche dann als Schnapsleiche herausstellt", entgegnete sie trocken. „Kommen Sie, ich bringe Sie zu dem Toten."

Auch wenn sie sich nicht vorstellen konnte, dass der Mörder durch den vorderen Teil des Gartens gegangen war, führte sie die Polizisten vorsichtshalber wieder über den linken Weg nach hinten zu ihrer versteckten Sonnenschutzecke. Man musste ja nicht mehr Spuren zertrampeln als nötig. „Hier haben Sie ihren Toten", fügte sie hinzu, als sie um die Rhododendren herumtraten. Erwartungsgemäß lag der Mann noch immer genauso leblos auf der Bank wie eben. Und er starrte Mathilda immer noch so anklagend an, als habe sie etwas mit seinem Tod zu tun. Aber das war natürlich Unsinn, versuchte sie sich zu beruhigen. Tote starrten eben irgendwohin, bis ihnen jemand die Augen schloss.

„Ja, Sandra hier, schick uns bitte die Spurensicherung zur Horbacher Straße", sagte die Polizistin gerade in ihr Handy, als Mathilda sich zu den beiden umdrehte.

„Und die Mordwaffe ist die Statue dort hinten neben den Clematis", bemerkte Mathilda, nachdem das Telefonat beendet war.

„Woher wissen Sie das?", fragte der Hauptkommissar. Jetzt sah er noch ungemütlicher aus als eben, fand Mathilda.

„Weil die Flecken darauf gestern Abend noch nicht zu sehen waren", entgegnete sie. „Außerdem steht die Statue falsch herum – normalerweise tanzt sie mit dem Gesicht zum Weg."

„Sie tanzt?", hakte Saatkamp nach und betrachte die Statue misstrauisch.

„Die Figur heißt ‚Waltzing Matilda' und stellt eine tanzende Frau dar", antwortete Mathilda. Kommissarin Schlangen nickte ihr grinsend zu. Sie schien Mathildas Vornamen von der Telefonzentrale erfahren zu haben.

„Das Lied ‚Waltzing Matilda' handelt von einem Wanderarbeiter, der sich am Ende das Leben nimmt", bemerkte Saatkamp nüchtern. „Aber davon scheint der Künstler nichts gewusst zu haben."

Mathilda spürte, wie sie errötete. Weshalb hatte sie das eigentlich nie überprüft? Das war im Zeitalter des Internets doch alles andere als schwierig.

„Das ist ein Wortspiel", behauptete sie rasch. „Die Einsamkeit des Wanderarbeiters wird auf die Einsamkeit der alleine tanzenden Frau übertragen." Sie hatte vielleicht keine Ahnung von Liedtexten, aber schnell auf unerwartete verbale Angriffe zu reagieren, hatte sie während ihres Berufslebens notgedrungen gelernt. Sie hatte zu lange in der mikrobiologischen Forschung gearbeitet, um sich von solchen plötzlichen Attacken aus der Ruhe bringen zu lassen.

„Na ja ...", brummte der Hauptkommissar und zog ein paar Handschuhe aus der Tasche, um den Puls des Toten zu fühlen – natürlich vergeblich.

Die junge Polizistin hatte inzwischen ein Notizbuch aus der Tasche geholt und begann Mathilda die erwarteten Fragen zu stellen: wann sie den Toten gefunden hatte, was sie so früh schon im Garten mache, wann sie gestern Abend das letzte Mal hier in der Ecke gewesen sei ... Erst das Klingeln ihres Handys unterbrach Kommissarin Schlangen. Sie meldete sich und nickte dann. „Ja, kein Problem, Frau Müller öffnet Ihnen."

Offenbar hatte die Spurensicherung das Schild neben der Klingel „Bitte an der Gartentür rufen, wenn niemand öffnet" nicht bemerkt, dachte Mathilda, während sie wieder über den gleichen Weg zurück zum Haus eilte. Das konnte ja was werden, wenn diese Leute selbst ein solches Schild übersahen ... Unvermittelt musste sie an einen ihrer Lieblingssprüche aus der Zeit denken, als sie noch berufstätig war: „Wenn du willst, dass etwas richtig gemacht wird, mach es selbst." Damit war sie damals immer gut gefahren. Aber das galt natürlich nicht für solche fachfremden Bereiche wie Mord.

Einer der beiden Männer, die zusammen mit zwei etwas jüngeren Frauen vor ihrer Gartentür warteten, trug eine typische leuchtend rote Notarztjacke. Hastig blickte Mathilda sich um. Wenn das einer der Nachbarn sähe, würde in ein paar Minuten das Telefon zu klingeln beginnen, weil alle glaubten, ihr sei etwas zugestoßen.

Doch es kam noch schlimmer. Als sie mit den vier Neuankömmlingen im Schlepptau zum Ende ihres Gartens ging, hörte sie schon Elses Stimme aus dem Garten zu ihrer Linken: „Moin, Mathilda, dat sin aber frühe Besucher, wa?" Else hatte mit ihrem Mann schon in einem Dutzend Orten in ganz Deutschland gelebt und sich inzwischen ein undefinierbares Plattdeutsch angewöhnt, in das sie vermutlich aus allen möglichen Landstrichen das eine oder andere Wort übernommen hatte.

„Ja, aber es ist ja auch schon nach acht", antwortete sie und merkte erst im Nachhinein, wie dämlich diese Antwort war. Zumal Else von ihrer Seite aus gut erkennen konnte, dass einer der „Besucher" Notarzt war. Und dass die anderen nun in die obligatorischen weißen Schutzanzüge schlüpften, die Mathilda ein wenig an Papier erinnerten. Vermutlich der gleiche Vliesstoff, aus dem auch die Reinraumanzüge hergestellt wurden, die sie jahrelang regelmäßig getragen hatte, dachte sie und ging neugierig einen Schritt näher, ehe ihr bewusst wurde, wie merkwürdig das aussehen musste.

„Ach, macht ihr da noch ein Theaterstück?", hakte Else nach. Inzwischen war sie näher an den niedrigen Holzzaun getreten und sah interessiert zu, wie die zwei Männer und zwei Frauen hinter den mannshohen Rhododendren verschwanden.

„Sowas in der Richtung", nickte Mathilda. Eigentlich konnte sie Else auch gleich reinen Wein einschenken, schließlich würde morgen sowieso in der Zeitung stehen, dass in Laurensberg ein Toter gefunden wurde. Und dann konnte es nicht mehr lange dauern, bis alle in der Nachbarschaft wussten, dass der Mann in Mathildas Garten gelegen hatte. Andererseits war sie froh um jede Minute, die sie noch Ruhe hatte, ehe die Nachbarinnen wie eine hungrige Schar Krähen über sie herfallen und sie mit Fragen löchern würden.

„Ja, denn mal noch viel Spaß beim Proben", sagte Else und wandte sich zögernd ab.

„Danke, und bis später!", verabschiedete sich Mathilda und folgte den Neuankömmlingen rasch. Die Hälfte von ihnen waren schließlich Männer, die verstanden nichts von Blumen – da musste sie achtgeben, dass sie bei der Spurensicherung nichts zerstörten.

Aber ihre Sorge war unbegründet. Sowohl der Notarzt, der erwartungsgemäß feststellte, dass der Tote tot war, als auch die drei Leute von der Spurensicherung bewegten sich sehr vorsichtig. Nur einmal musste Mathilda einen von ihnen stoppen, als er fast einen neugierigen Regenwurm zertreten hätte, der gerade die Pflastersteine überquerte, auf denen die Metallsitzgruppe stand.

„Was haben Sie hier eigentlich angefasst, nachdem Sie den Toten entdeckt hatten?", führte Kommissarin Schlangen nach der Rettung des Wurms die Befragung fort.

„Nun, ich habe den Toten natürlich an der Schulter gepackt und ihn gerüttelt, um ihn aufzuwecken", antwortete Mathilda und erklärte dann rasch: „Zu diesem Zeitpunkt trug er noch den Hut, der sein Gesicht verdeckte. Ich dachte, er sei vielleicht ein Obdachloser, der hier übernachtet hatte."

„Und der im Sitzen schlief, statt sich auf der Bank auszustrecken?", hakte die Kommissarin nach.

„Die Bank ist nicht sehr bequem zum Liegen", entgegnete Mathilda scharf. Sie atmete tief durch. Was waren das für Fragen? So oft hatte sie nun mal noch keinen Toten in ihrem Garten gefunden. Da war es doch wohl verständlich, wenn sie im ersten Moment nicht völlig richtig reagiert hatte. Dieser Sonntag war wirklich ein Alptraum – und bisher machte er keinerlei Anstalten, sich zu bessern.

„Haben Sie das schon probiert?“, fragte Frau Schlangen penetrant nach.

Mathilda seufzte leise. „Nein, aber ich sitze hier oft und weiß, wie hart die dünnen Balken der Sitzfläche sind, wenn man kein Kissen unterlegt“, erklärte sie. Was war daran so schwer zu verstehen?

Aus den Augenwinkeln beobachtete sie, wie eine der beiden Frauen von der Spurensicherung Plastiktüten über die Hände des Toten zog, wohl um beim Transport keine Spuren zu verlieren. Die andere wedelte derweil mit einem großen, weichen Pinsel an der Metallstatue herum. Offenbar suchte sie nach Fingerabdrücken. Wenn das hier nicht gerade ihr eigener Garten gewesen wäre, hätte Mathilda es sogar interessant gefunden, den Leuten bei der Arbeit zuzusehen. Auch wenn sie der Forschung schon vor Jahren den Rücken gekehrt hatte, um ihr Rentnerdasein zu genießen und sich nur noch mit schönen Dingen zu befassen, hatte sie ihre Neugier doch nicht ganz abstellen können.

Aber das hier *war* ihr Garten. Und bei allem Interesse für die Arbeit der Spurensicherung, der Polizei und auch des Notarztes, der sich bald verabschiedete und dem Rechtsmediziner Platz machte – auf einen Mord auf ihrem eigenen Grund und Boden, der vermutlich auch noch mit ihrer Lieblingsstatue begangen worden war, hätte Mathilda wahrhaftig gerne verzichtet.

Um kurz nach zehn hängte Mathilda ein Schild von außen an die Gartentür: „Wegen Krankheit geschlossen." Den Tod, fand sie, konnte man durchaus als eine sehr ernste Krankheit bezeichnen.

Wider Erwarten wurde die Spurensicherung aber doch eine halbe Stunde später fertig, packte alles zusammen und verabschiedete sich. Nicht einmal das Flatterband, mit dem Mathilda gerechnet hatte, wurde um den Tatort herum aufgespannt – angeblich waren alle Spuren gesichert. Bis auf die Statue der Tänzerin und die Bank, die die Spurensicherung beide mitgenommen hatte, sah dieses kleine Fleckchen Garten eigentlich genauso aus wie vorher. Und als Mathilda die beiden Polizisten wenig später hinausbegleitete, bemerkte sie, dass diese mit einem normalen Auto gekommen waren, keinem Polizeiwagen. Wenn sie Glück hatte, hatte vielleicht keiner der Nachbarn etwas bemerkt.

„Kommen Sie bitte morgen zwischen zehn und zwölf zu uns, um das Protokoll zu unterschreiben", sagte Kommissarin Schlangen und drückte Mathilda eine Visitenkarte in die Hand. „Sie haben sicherlich nicht vor, in nächster Zeit zu verreisen?"

Mit einem Mal war die kalte Furcht zurück. „Nein, ich verreise nie", antwortete Mathilda gepresst.

Sie wartete nicht, bis die beiden abgefahren waren, ehe sie zurück zur Gartentür ging, das Schild „Wegen Krankheit geschlossen" abriss und die Tür hinter sich zuschlug. War sie jetzt etwa verdäch-

mit dem Verbrechen zu tun haben, dass er sie tatsächlich in Untersuchungshaft steckte.

Sie spürte, wie ihr Herz so heftig gegen ihre Brust schlug, als wolle es ihre Rippen sprengen. Mühsam zwang sich Mathilda, tief ein- und auszuatmen, wie sie es im Autogenen Training gelernt hatte. Diese Angst war unbegründet, sagte sie sich. Kein normaler Mensch konnte auf die Idee kommen, Mathilda ernsthaft einen Mord zuzutrauen. Andererseits – sie hatte Saatkamp von Anfang an nicht wirklich einschätzen können. Wer wusste schon, was der Hauptkommissar wirklich dachte und plante? Wie war überhaupt seine Aufklärungsquote? Konnte es nicht sein, dass er den Fall möglichst schnell abschließen wollte und sich deshalb auf die einzige Person einschoss, die bisher zumindest irgendeine Verbindung mit dem Toten hatte, auch wenn diese Verbindung nur darin bestand, dass der Ermordete sich ausgerechnet in ihrem Garten hatte erschlagen lassen?

Mathilda seufzte leise und lehnte sich zurück. So kam sie nicht weiter. Sie musste einfach etwas tun, um endlich diese Gedanken aus dem Kopf zu bekommen. Wenn die Tageszeitung doch nur etwas mehr über den Toten geschrieben hätte, dann könnte sie jetzt zumindest theoretisch überlegen, weshalb der Mann getötet worden war ...

Mathilda richtete sich abrupt auf. „Ich bin ja auch blöd", murmelte sie, holte den Laptop, goss sich noch eine Tasse Kaffee ein und startete ihren Web-Browser. Zuerst suchte sie nach „Peter Linke,

Aachen". Nach einem Weinreisen-Veranstalter und einem Naturheilpraktiker entdeckte sie bald einen Anlageberater, der praktischerweise ein Bild auf seine Website gesetzt hatte. Ja, das war der Mann, den sie tot aufgefunden hatte. Anlageberater war er also gewesen ... das bot schon mal Stoff für Spekulationen. Hatte er jemanden falsch beraten, der dadurch ein kleines – oder auch größeres – Vermögen verloren und sich nun gerächt hatte? Bestimmt ging die Polizei dieser Spur längst nach.

Mathilda suchte noch eine Weile weiter nach diesen und ähnlichen Stichworten, ohne auf etwas Interessantes zu stoßen. Nach dem dritten Kaffee holte sie sich eine Tüte mit Sonnenblumenkernen aus dem Süßigkeitenfach ihres Küchenschranks und suchte weiter, während sie einen Kern nach dem anderen in den Mund steckte, die Schale aufbiss und auf einen separaten Teller legte. Zu dem ganzen Kaffee musste sie zumindest etwas Gesundes essen – außerdem beruhigte es sie, Kern für Kern im immer gleichen langsamen Rhythmus zu naschen. Und es brachte sie auf neue Ideen, stellte sie bald darauf fest, als sie kurzerhand eine der üblichen Klatsch-und-Tratsch-Seiten öffnete. Gleich auf der Titelseite entdeckte sie eine passende Überschrift: „Frauenheld in Aachen ermordet". Frauenheld? Das klang interessanter als das meiste, was sie bisher über den Toten gelesen hatte. Vorausgesetzt, es ging in dem Text überhaupt um „ihren" Toten.

Aber als sie den Artikel anklickte, sah sie sofort, dass sie richtiggelegen hatte. „Der bekannte Anlageberater Karl-Heinz S. (Name von der Redaktion geändert), der immer wieder durch seine Frauengeschichten Schlagzeilen gemacht hatte, ist tot – erschlagen, während er auf seine Geliebte wartete", stand dort. Mathilda runzelte die Stirn. Was wusste der Reporter wirklich, der diesen Text geschrieben hatte? Hastig las sie weiter. Doch zum Glück beschränkte sich auch diese Online-Zeitung auf die allgemeine Angabe „Aachen" als Tatort. Und auch, dass der Mann in einem Garten getötet worden war, wurde nirgends erwähnt. Mathilda atmete auf, holte sich noch einen Kaffee, auch wenn sie dann vermutlich in der kommenden Nacht wieder nicht schlafen konnte, und las den Text anschließend noch einmal gründlich. Eine frühere Geliebte wurde mit der Aussage zitiert, dass der Tote schon immer notorisch untreu gewesen sei. Die Aussage des ersten Satzes, der Mann habe auf seine Geliebte gewartet, als er erschlagen wurde, wurde später relativiert – gegen Ende hieß es stattdessen, er sei mit einem Blumenstrauß in der Hand tot aufgefunden worden.

Mathilda konnte sich nicht vorstellen, wie die Zeitung darauf kam. Es war ja nicht ganz falsch, immerhin hatte sie selbst der Polizei den Tipp gegeben, dass ein Blumenstrauß am Tatort gewesen sein musste – aber woher wusste der Reporter davon? Und weshalb lag er dennoch nicht ganz richtig? Vermutlich, überlegte sie, hatte die Zeitung irgendwo ein Gespräch aufgeschnappt und daraus eben nicht ganz die richtigen Schlüsse gezogen. Sicherlich unterhielten sich die Polizisten auch beim Mittagessen über ihre aktuellen Fälle – vielleicht hatte sich ein Reporter in die Polizeikantine geschmuggelt und Kommissarin Schlangen im Gespräch mit Hauptkommissar Saatkamp belauscht? Wie auch immer – offensichtlich mussten die Informationen aus diesem Artikel mit Vorsicht genossen werden.

Nichtsdestotrotz fand Mathilda es interessant, dass die Witwe offenbar fest von der Treue ihres verstorbenen Mannes überzeugt gewesen war – oder sich zumindest der Zeitung gegenüber so geäußert hatte. Sie betrachtete das verpixelte Foto mit der Bildunterschrift „Er war mir immer treu!". Es schien in einer Apotheke aufgenommen worden zu sein, zumindest erinnerten die halboffenen Schränke im Hintergrund mehr an eine Apotheke als an eine Drogerie, und nach einem Arztzimmer sah das Bild auch nicht aus.

Mathilda runzelte die Stirn. Gab es eine Apotheke „Linke" in Aachen? Sie öffnete ein weiteres Browser-Fenster und suchte in den Gelben Seiten danach. Nichts – auch in der Umkreissuche war diese Kombination nicht zu finden. Sie betrachtete das Foto noch einmal genauer. Irgendwie kam ihr dieses Bild bekannt vor … Die Laurentius-Apotheke an der Roermonder Straße war das sicherlich nicht, die war ganz anders eingerichtet. Und auch die Park-Apotheke gegenüber, wo sie ebenfalls manchmal Hustenbonbons oder eine Packung Heiße Zitrone holte, sah anders aus. Wann war sie in dieser Apotheke gewesen ... „Nach der Wanderung", murmelte sie schließlich. Natürlich, diese Apotheke lag in Vetschau! Mathilda hatte sich im letzten Herbst zu einem kleinen Spaziergang durch die Felder zwischen der Horbacher Straße und Vetschau aufgemacht, eigentlich nur aus dem Wunsch heraus, ihr Grundstück einmal von hinten zu betrachten, ob es vielleicht irgendwie unordentlich aussah oder ob es etwas anderes daran zu verbessern gab. Jedenfalls hatte sie auf dem Rückweg einen so großen Schlenker eingebaut, dass sie plötzlich in Vetschau stand und sich zu allem Überfluss eine Blase gelaufen hatte. Und da der nächste Bus nach Hause erst eine halbe Stunde später gekommen wäre, hatte sie sich in der Apotheke ein Blasenpflaster geholt und war dann die Horbacher Straße entlang nach Hause gegangen – dieser Weg war zwar wenig spannend, aber zumindest zuverlässig. Wie hieß denn diese Apotheke noch gleich ...

Es dauerte nicht lange, bis sie sie gefunden hatte. „Efeu-Apotheke" – ein schöner Name, dachte Mathilda. Definitiv schöner als „Linke-Apotheke". Aber war das Foto wirklich dort aufgenommen worden? Immerhin war es lange her, dass Mathilda diese Apotheke von innen gesehen hatte.

Sie warf einen Blick auf die Küchenuhr. Gerade halb neun, sie hatte noch viel Zeit für den Garten. Das Thermometer verriet ihr, dass es draußen angenehm kühl war, nur achtzehn Grad – ideales Wanderwetter. Blumen kaufen und Unkraut zupfen konnte sie später immer noch.

Kurzentschlossen stand sie auf, packte eine kleine Packung Kekse und eine Banane in ihre Umhängetasche, druckte den Artikel aus und faltete die Seiten so, dass das verpixelte Foto der Witwe sofort zu sehen war. Bestimmt hatte die Polizei die Frau längst vernommen, aber vielleicht konnte Mathilda ja doch etwas in Erfahrung bringen, was die Kommissare vergessen hatten. Oder wenigstens etwas, was ihr selbst zu verstehen half, weshalb der Mann ausgerechnet in ihrem Garten hatte sterben müssen. Und selbst wenn sie überhaupt nichts herausfand – alles war besser, als hier zu sitzen und darüber nachzugrübeln, wer den Mann gerade hier erschlagen hatte.

Eine kleine Flasche Wasser, Bonbons und Blasenpflaster nahm sie ebenfalls mit, nur für den Fall, dass sie diesmal schon lange vor der Apotheke die Füße wundgelaufen hätte – aber inzwischen hatte sie andere Schuhe, die eigentlich nicht drückten. Nur würde sie das der Apothekerin natürlich nicht auf die Nase binden.

Als sie die Haustür hinter sich abschloss, hörte sie Irmtrauds Stimme hinter sich: „Morgen, Mathilda, du bist aber spät dran mit dem Einkaufen!"

Mathilda schüttelte den Kopf, steckte den Schlüssel in die Hosentasche und ging zu dem niedrigen Törchen im Jägerzaun, wo die Nachbarin auf sie wartete. „Einkaufen brauche ich heute nicht, ich wollte eine Runde spazieren gehen. Das schöne Wetter ausnutzen."

Irmtraud betrachtete sie mit leichtem Misstrauen. „Alleine? Bist du dir sicher, dass das eine gute Idee ist? Hast du zumindest dein Handy dabei? Und die Lesebrille, wenn du auf einem Busfahrplan nachsehen musst, wann der nächste Bus kommt, falls du dich verlaufen hast? Und …"

Mathilda musste grinsen. „Ich habe alles dabei, was ich brauche", sagte sie. „Auch Verpflegung, Geld und eine Tüte zum Unterlegen, wenn ich mich zwischendurch irgendwo setzen will. Keine Sorge, Irmtraud, ich komme schon heil zurück. Und so weit will ich ja auch gar nicht gehen."

Irmtraud nickte, noch immer mit wenig begeisterter Miene. „Aber wenn etwas ist, meldest du dich, dann hole ich dich ab", beharrte sie.

„Okay, das mache ich", stimmte Mathilda ihr zu. „Und jetzt mache ich mich mal auf den Weg, schließlich will ich nicht in die Mittagshitze kommen."

Dieses Argument schien zu ziehen, jedenfalls verabschiedete Irmtraud sich eilig. Mathilda ging zuerst bis zum Hander Weg und bog dort in den schmalen Pfad ein, der durch das Wäldchen in Richtung Grünenthal führte. Auf dem Sportplatz rechts hinter dem Wäldchen war es um diese Zeit noch ruhig, nur zwei einsame Läufer drehten ihre Bahnen. Dafür war der Tennisplatz daneben schon belegt, ein gemischtes Doppel kämpfte mit mehr Einsatzfreude als Können um jeden Ball und schien sich dabei köstlich zu amüsieren. Um den Sportplatz herum gelangte sie zur Grünenthaler Straße und bog nach links in den Hufer Fußpfad ein. Zwischen Feldern und den ersten Häusern gelangte sie schließlich zur Laurensberger Straße, an der die Apotheke lag.

Mathilda blickte auf die Uhr. Sie war keine halbe Stunde unterwegs gewesen – auf dem Rückweg konnte sie sich definitiv mehr Zeit lassen. Vielleicht würde sie noch einen Abstecher zum Vetschauer Berg machen … schließlich war sie für eine richtige Wanderung ausgerüstet, nicht nur für einen kurzen Spaziergang.

Aber erst einmal musste sie überlegen, wie sie jetzt vorgehen wollte. Mathilda nahm den Zeitungsausschnitt aus der Tasche und betrachtete das Bild noch einmal eingehend, um beim Betreten der Apotheke sofort zu wissen, ob sie sich wirklich am richtigen Ort befand. Aber als sie gerade die Tür aufdrücken wollte, stellte sie fest, dass das gar nicht nötig war. „Inh.: H. Linke" stand dort in kleinen Buchstaben über den Öffnungszeiten. Ihre Erinnerung hatte sie nicht getrogen.

Als sie die Tür aufstieß, erklang das übliche elektronische Glockengeläut. Es dauerte nur Sekunden, bis eine etwa vierzigjährige, schwarzhaarige Frau aus dem hinteren Bereich der Apotheke kam und sich hinter einen der Bedienplätze stellte. „Guten Morgen, was kann ich für Sie tun?", fragte die Dame.

Mathilda zögerte nur kurz. Auch wenn sie ohne ihre Lesebrille das Namensschild auf dem weißen Kittel nicht lesen konnte, war sie sich sofort sicher, dass dies die Inhaberin sein musste. Die schwarzen Haare, die in der Zeitung gut zu erkennen gewesen waren, die Statur, das Alter – alles passte. „Guten Morgen", sie ging mit einem leichten Hinken zum Tresen, „ich fürchte, ich habe mir eine Blase gelaufen – ich bin wohl einfach nichts mehr gewöhnt."

„Kein Problem, da haben wir etwas Passendes ..." Die Apothekerin ging zu einem der seitlichen Regale. „Wo haben Sie denn die Blase?"

„An der Ferse", behauptete Mathilda rasch. Dort konnte sie zumindest problemlos ein Pflaster aufkleben, ohne ihre Beine und Füße allzu sehr zu verrenken. Nicht, dass die Apothekerin noch auf die Idee kam, ihr helfen zu wollen, und die völlig blasenfreie Haut an ihren Füßen sah ...

„Dann nehmen Sie dieses hier", die Frau drückte ihr eine Pappschachtel in die Hand. „Das macht dann fünf Euro neunzig."

Mathilda bezahlte und sah sich dann suchend um. „Ach, warten Sie, ich bringe Ihnen einen Hocker", schlug die Apothekerin vor, verschwand kurz im hinteren Bereich und kam bald mit einem flachen, bequem wirkenden Hocker zurück, den sie vor der Theke an die Seite stellte. „Sagen Sie einfach Bescheid, wenn ich Ihnen helfen kann."

„Danke, das schaffe ich schon", antwortete Mathilda und fügte dann, ohne darüber nachzudenken, hinzu: „Sie haben doch momentan sicher sowieso anderes im Kopf."

Die Apothekerin erstarrte. „Ja ... woher ... die Zeitung", murmelte sie schließlich.

Mathilda nickte, während sie mit den Schnürriemen des rechten Schuhs kämpfte. „Ich habe Sie sofort erkannt. Mein Beileid ... und dass die Zeitung dann noch solche Dinge schreibt ..." Sie hatte nicht den Mut, mehr anzudeuten, doch das hatte bereits genügt.

„Diese Schweine", antwortete Frau Linke müde. „Können Sie sich vorstellen, wie das ist? Erst ruft vorgestern die Polizei an und sagt mir, dass mein Mann tot ist ... und dann schreibt dieser Reporter, ohne ein Wort mit mir gewechselt zu haben, mein Mann sei mir nicht treu gewesen ... Können Sie sich das vorstellen?", wiederholte sie sich.

Mathilda setzte sich gerade und schüttelte den Kopf. „Das muss furchtbar sein", sagte sie leise. „Es ist schon schlimm genug, wenn der Ehemann plötzlich eine Freundin hat, das kenne ich aus eigener Erfahrung ... aber ..."

„Mein Mann *hatte* keine Freundin!", unterbrach die Apothekerin sie. „Das sind alles Lügen! Davon hätte ich doch wohl etwas gemerkt. Eine Frau merkt so etwas."

„Ich habe es fast ein Jahr lang nicht gemerkt", entgegnete Mathilda nüchtern. „Und ich hätte Ihnen auch Brief und Siegel darauf gegeben, dass mein Mann mich niemals betrügen könnte, ohne dass ich etwas davon mitbekommen hätte."

Frau Linke schwieg einen Moment. „Mein Mann war mir treu", sagte sie schließlich mit fester Stimme. „Jetzt, wo er sich nicht mehr wehren kann, werde ich nicht zulassen, dass jemand etwas anderes behauptet."

Mathilda nickte. „Das kann ich gut nachvollziehen", sagte sie. „Gibt es denn schon neue Erkenntnisse seitens der Polizei, weshalb Ihr Mann ..." Das Wort „ermordet" brachte sie plötzlich nicht über die Lippen.

Die Apothekerin schüttelte müde den Kopf. „Nein, die Polizei stochert im Nebel. Die scheint diesen Schwachsinn mit dem Blumenstrauß zu glauben. Aber ich sage Ihnen, am Ende wird sich herausstellen, dass sein Tod nichts mit einer Frauengeschichte zu tun hatte. Bestimmt hatte das finanzielle Gründe. Wer jeden Tag mit so großen Summen jongliert, tritt eben auch dem einen oder anderen auf die Füße. Und Peter hat immer versucht, das Beste für seine Klienten herauszuholen – natürlich konnte er dabei keine Rücksicht auf andere nehmen, die einen weniger guten Anlageberater hatten."

Mathilda nickte langsam und begann dann, ihren rechten Socken herunterzurollen und über die Ferse zu ziehen, bis sie das Pflaster aufkleben konnte, ehe die Apothekerin doch noch auf die Idee kam, ihr helfen zu wollen. Natürlich hatte Frau Linke recht – das war auch eine Möglichkeit, dass sich nicht einer von Peter Linkes Klienten betrogen fühlte, sondern jemand, der ihm aus anderen Gründen im Weg gewesen war. Aber Mathilda wusste viel zu wenig darüber, welche Geschäfte der Tote gemacht hatte, um hier weiterzukommen. Vermutlich war das ein Zeichen dafür, dass sie sich jetzt langsam wieder auf ihren Garten oder auch ein gutes Buch konzentrieren und die weiteren Ermittlungen der Polizei überlassen sollte.

Sie zog den Schuh wieder an, stand auf und reichte der Apothekerin die Hand. „Ich wünsche Ihnen jedenfalls alles Gute“, sagte sie und meinte das auch so. „Dass dieses furchtbare Verbrechen bald aufgeklärt wird und Sie wenigstens die Gewissheit haben, was geschehen ist.“

„Die bringt mir Peter auch nicht wieder“, entgegnete Frau Linke trocken. „Aber dennoch danke für Ihre guten Wünsche. Und gute Besserung für Ihren Fuß.“

„Danke, das wird schon“, murmelte Mathilda und sah dann zu, dass sie wieder ins Freie kam. Mit einem Mal hatte sie das Gefühl, nicht mehr richtig atmen zu können. Was hatte sie sich eigentlich dabei gedacht, diese Frau anzulügen, die doch wahrhaftig gerade genug mitgemacht hatte? Nur weil Mathilda zu neugierig war, um die Arbeit der Polizei abzuwarten, wie es jeder andere gemacht hätte. Wie kam sie denn überhaupt darauf, etwas herausfinden zu können, was die Polizei nicht längst wusste? Nur, weil sie zufällig das Blatt der Immortelle am Tatort entdeckt hatte? Das war reiner Zufall gewesen. Und Mörder fing man nicht durch Zufälle und botanische Kenntnisse. Dazu brauchte man Indizien, akribische Polizeiarbeit, Intuition ... nun, Intuition vielleicht noch am wenigsten. Kein Polizist würde einen Verbrecher nur mit seinem Bauchgefühl fangen. Und dieser Teil war der einzige, den Mathilda sich vielleicht noch zugetraut hätte.

Gedankenverloren blickte sie auf ihre Uhr. Vielleicht sollte sie doch einfach die Hauptstraße entlang nach Hause gehen, dann wäre sie zumindest früh genug zurück, um vor der Mittagshitze noch etwas im Garten arbeiten zu können.

Unentschlossen blieb sie stehen. Ein Quietschen hinter ihr, ein Schlag, der sie zu Boden riss, ein Klingeln, das sie viel zu spät warnte. Mathilda versuchte zu atmen, ein und aus, und war einen Moment lang froh, dass das funktionierte. Der Radfahrer, der sie erwischt hatte, raste davon. Auf dem Bürgersteig. Hier war doch überhaupt kein Radweg ...

Ein stechender Schmerz fuhr durch ihren Arm, als sie sich aufrichten wollte. „Scheiße", murmelte sie, und dann breitete sich gnädige Schwärze über ihre Gedanken und trug den Schmerz und die Angst mit sich fort.

Kapitel Fünf

„Hören Sie mich? Frau Müller? Können Sie mich verstehen?"

Langsam drang die Stimme eines jungen Mannes zu Mathilda durch. Sie spürte im Rücken einen harten Untergrund, nur ihr Kopf schien auf einem Kissen zu liegen. Und aus irgendwelchen Gründen zuckte sofort ein scharfer Schmerz durch ihre rechte Hand, als sie sich zu bewegen versuchte.

Sie öffnete die Augen und musste einen Augenblick warten, ehe die besorgten Gesichter über ihr zu erkennen waren. Im Hintergrund sah sie Frau Linke und zwei ältere Damen mit großen Handtaschen, die miteinander tuschelten. Ein junger Mann, ein Jugendlicher, genaugenommen, beugte sich über sie und begann nun zu lächeln. „Frau Müller, hören Sie mich? Sie sind von einem Fahrrad umgefahren worden, und ich fürchte, Ihr rechtes Handgelenk ist gebrochen. Bleiben Sie ruhig liegen, der Rettungswagen muss bald kommen."

„Lassen Sie mich mal sehen …", murmelte Mathilda und wollte ihren rechten Arm heben, doch der Junge drückte ihn mit sanfter Gewalt zurück.

„Nein, das wollen Sie jetzt lieber nicht sehen",
sagte er so bestimmt, dass Mathilda nicht widersprach. Wenn es ein offener Bruch war ... ging das
überhaupt beim Handgelenk? Oder hatte sie nur
die Haut aufgeschürft? Mathilda merkte, wie ihr
schon bei dem Gedanken daran ein wenig übel
wurde. Das konnte sie auch alles später noch herausfinden.

„Hat jemand den Radfahrer erkannt?", fragte sie
und ärgerte sich im gleichen Moment darüber, wie
schwach ihre Stimme klang. Sie war doch keine
achtzig! Und sie war auch nicht mit einem Auto
kollidiert, sondern mit einem Fahrradfahrer, und
bis auf das Handgelenk ging es ihr gut. Unwillig
drehte sie sich auf die linke Seite und richtete sich
über den linken Ellbogen auf, achtete dabei aber
vorsichtshalber darauf, nicht zu ihrer rechten
Hand zu schauen, die bei jeder Bewegung höllisch
schmerzte.

„Ich habe leider nichts gesehen", antwortete
Frau Linke und warf einen Blick auf die Uhr.
„Falls Sie aufstehen können, wollen Sie sich nicht
lieber bei mir in der Apotheke hinsetzen?"

„Danke, es ist ja nicht kalt hier draußen", winkte Mathilda ab. Mit einem Mal hatte sie ein merkwürdiges Gefühl im Magen. Konnte das ein Zufall
gewesen sein, dass sie gerade hier angefahren
worden war, nachdem sie ein paar Minuten vorher
mit Frau Linke gesprochen hatte? Oder war der
Unfall vielleicht eine Warnung gewesen, die Witwe
in Ruhe zu lassen? Dass sie das sowieso vorge-

habt hatte, konnte ja niemand wissen. Aber hätte Frau Linke so schnell jemanden organisieren können, der sie anfuhr? Es war doch höchstens eine Minute vergangen zwischen dem Verlassen der Apotheke und dem Unfall ...

Ihre Gedanken wurden durch die rasch lauter werdende Sirene des Rettungswagens unterbrochen. Und wenn sie ehrlich war, war sie froh darum, hier wegzukommen. Natürlich war das alles höchstwahrscheinlich nur ein dummer Zufall. Aber was, wenn nicht?

Die Sanitäter ließen sich kurz erklären, was geschehen war, und wollten Mathilda dann eigentlich auf eine Trage heben, doch das erschien ihr nun wirklich übertrieben. „Helfen Sie mir lieber mal hoch – ich bin doch keine achtzig!", knurrte sie und streckte dem einen von ihnen ihren linken Arm entgegen.

Tatsächlich gelang es ihr so, aufzustehen und die wenigen Meter bis zum Rettungswagen zu gehen, wenn auch mit reichlich wackligen Knien und auf einen der Sanitäter gestützt. Zumindest das funktionierte noch. Auf einer Trage wäre sie sich noch hilfloser vorgekommen, als es sowieso schon der Fall war.

„Meine Tasche", bat sie den Jungen, der ihr offensichtlich seine Jacke unter den Kopf gelegt hatte, während sie ohnmächtig gewesen war, und diese nun gerade ausschüttelte. Zum Glück war ihre Umhängetasche geschlossen gewesen, als der Unfall passiert war. Nicht auszudenken, wenn der ausgedruckte Artikel über den Mord herausgefallen wäre und Frau Linke ihn gesehen hätte ... andererseits – woher wollte Mathilda wissen, dass die Apothekerin nicht die Gunst der Stunde genutzt und rasch hineingeschaut hatte? Dann wusste sie jetzt, dass Mathilda nicht nur zufällig bei ihr gewesen war. Weshalb hatte sie diesen dummen Artikel auch mitnehmen müssen? Hätte es nicht genügt, sich zu Hause das Foto nochmal genau einzuprägen?

Nachdem er ihr die Tasche in den Rettungswagen gereicht hatte, bedankte sie sich und kontrollierte dann unauffällig, ob der Reißverschluss wirklich zugezogen war. Ja, alles war wie immer.

Als der eine Sanitäter die Türen von innen schloss und der Wagen sich einen Moment später in Bewegung setzte, atmete Mathilda auf. Auch wenn es völlig verrückt war – sie war froh, Frau Linke und den Ort des Unfalls hinter sich lassen zu können. Irgendwie hatte sie immer noch das merkwürdige Gefühl, dass das alles kein Zufall war. Dass sie gerade noch tiefer in diesen Fall hineingezogen worden war, ohne schon wirklich verstehen zu können, was sich geändert hatte.

Sie klemmte die Umhängetasche zwischen ihre Füße und zog mit der linken Hand den Reißverschluss auf. Das Portemonnaie lag weiter oben als sonst – aber das mochte durch den Unfall passiert sein. Sicher war auch die Tasche ganz schön herumgewirbelt worden. Und der Ausdruck des Artikels über den Mord lag auf der richtigen Seite der

Tasche, dort, wo sie ihn auch hingesteckt hatte. Nur ... hatte das Bild nicht eben noch auf dem Kopf gestanden? Mathilda versuchte sich zu erinnern, wie sie den gefalteten Ausdruck in die Tasche gesteckt hatte. Hatte sie das Blatt nicht absichtlich mit der offenen, leichter knickenden Seite nach unten hineingeschoben, um schneller einen Blick auf das Foto werfen zu können? Jetzt steckte es umgekehrt darin, mit dem Falz voran. Das Eselsohr an einer der oberen Ecken deutete ebenfalls darauf hin, dass diese offene Seite vorher unten gewesen war. Konnte das Blatt sich bei dem Unfall von selbst gedreht haben?

Mathilda spürte, wie sich ihr Magen zusammenzog. Nein, sie brauchte sich nichts vorzumachen – jemand war an ihrer Tasche gewesen, während sie ohnmächtig gewesen war. Wie hatte sie auch nur so dumm sein können, ihrer Neugier nachzugeben? Von Frau Linke hatte sie nichts Neues erfahren, stattdessen wusste die Apothekerin jetzt, dass Mathilda nicht zufällig bei ihr aufgetaucht war. Selbst wenn die Witwe unschuldig am Tod ihres Mannes war – hier konnte Mathilda sich nie wieder blicken lassen. Sie spürte, wie ihre Wangen rot anliefen, als sie sich vorstellte, wie Frau Linke sie bei der nächsten Begegnung als Lügnerin und Spionin beschimpfen würde. Und recht hatte sie damit. Was hatte Mathilda sich auch dabei gedacht, dort herumzuschnüffeln?

Und was hatte sie jetzt davon? Ein gebrochenes Handgelenk – und keine neuen Erkenntnisse. Es hatte schon seine Gründe, dass Polizisten eine Ausbildung machten, ehe sie ihren Beruf ausüben durften. Kommissarin Schlangen wäre sicherlich viel geschickter vorgegangen, wenn sie unauffällig das Vertrauen der Apothekerin hätte gewinnen wollen.

„So ein Mist", murmelte sie, zog den Reißverschluss wieder zu und lehnte sich zurück. Mit einem Mal fühlte sie sich sehr müde. Und alt. Ihr ganzer Körper schmerzte, jetzt, nachdem die erste Aufregung vorüber war. Bestimmt hatte sie überall blaue Flecken. Als junge Frau war sie einige Male vom Fahrrad gefallen, weil sie ein Schlagloch übersehen hatte oder die Tür eines parkenden Wagens direkt vor ihr aufgerissen worden war. Damals war sie immer wieder aufgestanden und weitergefahren, auch wenn ihre Hände und Knie bluteten. Diesmal würde nicht alles so schnell heilen. Wie sollte sie überhaupt alleine zurechtkommen, wenn ihre rechte Hand außer Gefecht gesetzt war? Konnte man einhändig eine Hose anziehen? Sie hatte es noch nie versucht. Und ihr Garten ... sie musste sich jemanden suchen, der regelmäßig den Rasen mähte. Und wie sollte sie Getränke einkaufen, wenn sie nicht autofahren konnte?

Mathilda seufzte leise und schloss für einen Moment die Augen. Wie hatte sie sich nur in diese Situation hineinmanövrieren können? Hätte sie doch nur Irmtrauds Sorgen ernstgenommen und wäre einfach zu Hause geblieben ... Das hatte sie jetzt von ihrer verflixten Neugier.

Im Uniklinikum angekommen, ging alles sehr schnell. Das war wohl der Vorteil, dachte Mathilda, wenn man mit dem Rettungswagen eingeliefert wurde. Ihre Hand wurde geröntgt, der Arzt erklärte ihr freudig, dass es sich um einen schönen glatten Bruch eines Knochens handelte, dessen Namen Mathilda sich nicht mal fünf Sekunden lang merken konnte, und richtete dann diesen Knochen, ehe er Mathilda einen Gipsverband verpasste.

„Wie lange muss ich dieses Ding tragen?", erkundigte sie sich. Der Gips zog ihren Arm unnatürlich schwer nach unten, und schon jetzt merkte sie, wie ihre Haut darunter zu jucken begann.

„Normalerweise nur drei Wochen, in Ihrem Alter wohl eher vier", erklärte der Arzt mit unvermindertem Lächeln und verabschiedete sich dann, um den nächsten Patienten zu versorgen.

Zurück blieb nur eine Krankenschwester, die Mathilda mitleidig ansah. „Haben Sie denn zu Hause jemanden, der Ihnen helfen kann?", fragte sie.

„Das wird schon gehen", antwortete Mathilda, obwohl sie keine Vorstellung hatte, *wie* es gehen sollte. Aber das würde sich finden. Wenn sie erst einmal wieder zu Hause war, würde sie sich in Ruhe überlegen, was sie in den nächsten drei bis vier Wochen alleine hinbekommen würde und wofür sie Hilfe brauchte. Irmtraud und Else würden sie sicher gerne beim Einkaufen oder anderen Dingen unterstützen ... und alles andere musste sie einfach alleine schaffen. Immerhin, stellte sie fest, nachdem sie den Gipsverband eine Weile angestarrt hatte, waren die Finger der rechten Hand komplett freigeblieben – zumindest das morgendliche Anziehen sollte sie auf diese Weile hinbekommen.

Als sie das Klinikum mit seinem Irrgarten aus grünen Fluren und Dutzenden von Aufzügen verließ, fiel ihr wieder der Hubschrauberlandeplatz auf, der vor einigen Jahren über den gegenüberliegenden Parkplätzen angebaut worden war. Mit dem Verbindungssteg zum Klinikum erinnerte er Mathilda an einen Tentakel, den das Gebäude ausstreckte, um sich weiter auszubreiten. Manchmal erwartete sie fast, dass dieser Anbau sich bewegen würde, wenn sie ihn nur lange genug anstarrte. Aber dazu hatte sie jetzt nicht die Nerven.

Den Taxifahrer, der sie nach Hause brachte, bat Mathilda ein Stück vor ihrem Grundstück anzuhalten, um möglichst unbeobachtet ins Haus schlüpfen zu können. Jetzt brauchte sie erst einmal einen Augenblick Ruhe und nicht sofort die neugierigen Fragen ihrer Nachbarinnen.

Schon das Aufdrehen der Kaffeekanne gestaltete sich schwierig – sie musste die Kanne auf den Boden stellen und mit den Füßen festhalten, so dass sie den Deckel mit der linken Hand drehen konnte. Dass die Finger der rechten Hand *theoretisch* einsetzbar waren, hieß leider nicht, dass das auch in der Praxis zutraf.

„Welch ein Mist", grummelte sie, während sie versuchte, sich mit der linken Hand möglichst unfallfrei eine Tasse Kaffee einzugießen.

Endlich saß sie mit einem zumindest noch lauwarmen Kaffee und einer großen Tafel Schokolade zum Trost am Küchentisch und betrachtete ihren Gipsverband. Da war sie fast siebzig geworden, ohne jemals etwas Nennenswertes erlebt zu haben, abgesehen von der nervenzehrenden Scheidung natürlich – und jetzt kam plötzlich alles auf einmal. Der Tote auf ihrer Lieblingsgartenbank, Kommissar Saatkamp, den sie einfach nicht einschätzen konnte und bei dem sie das Gefühl nicht loswurde, dass er sie verdächtigte, und jetzt noch dieser dumme Unfall, von dem sie nicht einmal wusste, ob er wirklich nur zufällig geschehen war oder eine Warnung darstellte, dass sie der Witwe nicht hinterherschnüffeln sollte. Und nun? Einhändig konnte sie nicht einmal richtig im Garten arbeiten, um sich abzulenken. Höchstens im Vorgarten ein bisschen Unkraut zupfen … und schauen, ob nicht jemand vorbeikam, mit dem sie einen kleinen Plausch halten konnte. Die Begegnung mit Irmtraud und Else würde sie lieber doch noch einen Moment hinausschieben. Eigentlich wollte sie gar nicht bedauert werden – nur an etwas anderes denken.

Kurzerhand stand sie auf, trank den Kaffee aus, der ihr sowieso nicht richtig schmeckte, jetzt, wo sie die Tasse mit der linken Hand halten musste, und brach einen Riegel Schokolade ab, um ihn mit nach draußen zu nehmen. Statt des üblichen Distelstechers, den sie mit Sicherheit nicht mit links benutzen konnte, packte sie eine kleine Schaufel und ein Messer in ihren Lieblingseimer und nahm schließlich noch die Rosenschere mit – vielleicht gab es an einem der Büsche zur Straße hin ja etwas zu schneiden. Vorsichtshalber holte sie schließlich noch einen flachen Tritt, den sie immer als Hocker nutzte, wenn sie Unkraut ausstechen musste, und brachte alles in den Vorgarten.

Normalerweise arbeitete sie nicht so gerne hier, wo jeder sie sehen konnte; Mathilda genoss sonst die Abgeschiedenheit ihres Gartens, in den nur die direkten Nachbarn schauen konnten und an manchen Stellen nicht einmal die. Aber jetzt fühlte sie sich zu unruhig dafür, alleine mit sich selbst zu sein. Sie wollte nicht mehr über all das nachdenken, was in den letzten Tagen geschehen war. Es war einfach zu viel auf einmal gewesen.

Kaum hatte sie sich die Rosenschere geschnappt und begonnen, an einer der Buchskugeln direkt am Zaun zur Straße hin die winzigen Spitzen zu kappen, die sich neugierig aus der runden Form des Strauches hervorwagten, winkte schon der Nachbar von gegenüber und hinkte zu ihr über die Straße. Sein Knie war auch nach der dritten Operation noch nicht wieder richtig beweglich, aber zumindest ging er nun schon seit einigen Wochen ohne Krücken. „Moin, Mathilda", sagte er. „Du machst ja Sachen – ich habe deinen Verband eben schon gesehen, als du zurückgekommen bist, aber da warst du zu schnell im Haus. Was hast denn du da gemacht?“

„Ach, nichts Dramatisches“, antwortete Mathilda wegwerfend. „Nur ein kleiner Unfall mit einem Fahrradfahrer.“

„Der bestimmt auch noch abgehauen ist“, ergänzte der Nachbar und nickte wissend. „Das ist meiner Hilde damals ja auch mal passiert. Weißt du noch, als sie da mit unserem Bello zum Schloss Rahe wollte, und da kommt doch dieser Rowdy ...“ Er drehte sich um und beobachtete den Jungen, der gerade einen Prospekt in seinen Briefkasten geworfen hatte und nun sorgfältig das Törchen im Jägerzaun schloss, eher er weiter zum nächsten Haus ging. „Ja, der Christian macht das richtig ordentlich“, sagte er und drehte sich wieder zu Mathilda um. „Wo waren wir stehengeblieben ...“

Aber Mathilda konnte ihre Augen nicht von dem jungen Mann abwenden. War das nicht ... „Christian!“, rief sie schließlich. Der Jugendliche drehte sich um, und mit einem Mal weiteten sich seine Augen, er überquerte rasch die Horbacher Straße und kam lächelnd auf Mathilda zu. „Hey, schön zu sehen, dass es Ihnen schon wieder besser geht!“, sagte er.

„Das ist aber ein Zufall ...“ Mathilda schüttelte den Kopf. Der Junge war ihr heute Morgen gar nicht bekannt vorgekommen, aber natürlich hatte sie dort, in Vetschau, auch nicht damit gerechnet, dass ausgerechnet jemand aus ihrer Nachbarschaft ihr half. „Aber schön, dich noch einmal zu sehen – dann kann ich dir für deine Hilfe danken. Vielleicht kann ich mich irgendwie revanchieren?"

Christian schüttelte rasch den Kopf, während der Nachbar von gegenüber interessiert zwischen beiden hin- und herblickte und offensichtlich versuchte zu verstehen, worum es gerade ging. „Nee, um Himmels Willen, das war doch selbstverständlich", winkte der Junge ab. „Aber wenn ich Ihnen irgendwie im Garten oder bei etwas anderem helfen kann, sagen Sie einfach Bescheid – ich wohne mit meiner Mutter dort hinten, in dem verklinkerten Haus mit den Rosen im Vorgarten auf dieser Straßenseite hier, sehen Sie? Sie müssen bei Jansen klingeln." Er nickte ihr zu. „Alles Gute für Sie!" Und dann eilte er zum nächsten Haus, um weiter seine Prospekte auszutragen.

Während der Nachbar von gegenüber ihr weiter ausgiebig von dem Unfall seiner Hilde mit dem Fahrradfahrer erzählte, der ebenfalls geflüchtet war, aber später dank eines Zeugen gefunden werden konnte, begann ein ganz neuer Gedanke in Mathilda zu keimen. Vielleicht hatte diese ganze Geschichte ja auch etwas Gutes – vielleicht hatte das Schicksal ihr diesen Jungen geschickt, damit er ihr bei etwas half, was sie selbst sich nicht mehr zutraute. Vielleicht war das die Chance für sie, den Teich anlegen zu lassen, von dem sie schon so lange träumte. Und das sogar ohne schlechtes Gewissen – sie konnte den jungen Mann schließlich dafür bezahlen, was bei den Männern hier aus der Nachbarschaft oder auch ihren sonstigen flüchtigen Bekannten nicht möglich wäre. Weshalb war sie nicht schon viel früher auf diese Lösung gekommen?

„Aber jetzt will ich dich nicht länger aufhalten", beendete der Nachbar schließlich seine weitschweifige Erzählung. „Du hast ja sicher noch genug anderes zu tun. Und wenn was sein sollte, meld' dich einfach, du weißt ja, wo ich wohne."

„Danke für das Angebot, darauf komme ich gerne zurück", antwortete sie, auch wenn sie sich momentan noch nicht vorstellen konnte, wie er ihr helfen wollte.

Kaum hatte sie sich wieder auf ihr Höckerchen gesetzt und den nächsten Buchs zu schneiden begonnen, meldete sich auch schon Irmtraud aus dem benachbarten Vorgarten. „Mathilda, und ich sag noch, geh nicht so weit alleine spazieren!", rief die Nachbarin. „Und nicht mal angerufen hast du mich! Da muss ich von der Selma, die ja schon fast da hinten auf der Hauptstraße wohnt, hören, dass du mit dem Taxi zurückgekommen bist!"

Mathilda seufzte leise. So groß Aachen war – jeder Vorort war ein Dorf für sich. Und meist genoss sie diese Vertrautheit auch. Nur gerade jetzt wäre es ihr lieber gewesen, wenn nicht schon die halbe Nachbarschaft von ihrem Unfall gehört hätte. Wer um alles in der Welt, überlegte sie weiter, war so blöd, in dieser Gegend, wo selbst die Bäume Augen zu haben schienen, jemanden umzubringen? „Bestimmt findet die Polizei heraus, dass das eine Tat im Affekt war", murmelte sie, während sie sich wieder hochrappelte. „Kein normaler Mensch plant ausgerechnet hier einen Mord."

Dann zwang sie sich zu lächeln und ging zu Irmtraud an den Zaun. „Ob du's glaubst oder nicht, wenn ich alleine durch den Wald gelaufen wäre, hätte ich mir den Gips sicherlich erspart", sagte sie und erzählte dann ihrer Nachbarin, was wirklich geschehen war.

Als Christian einige Minuten später auf ihrer Straßenseite vorbeikam und den beiden Damen die Prospekte in die Hand drückte, fasste Mathilda einen Entschluss. „Magst du nachher nochmal vorbeikommen, wenn du fertig bist?", schlug sie kurzerhand vor. „Wenn du möchtest, habe ich vielleicht einen Job für dich ..."

Der Junge strahlte sie an. „Na klar, ein Job wäre super! Ich brauche hier noch etwa zwei Stunden, dann bin ich soweit." Er warf einen Blick auf die Armbanduhr. „Das wäre dann gegen sechs, passt Ihnen das?"

„Selbstverständlich – bis später dann, Christian." Mathilda nickte ihm noch einmal zu, ehe sie sich wieder Irmtraut zuwandte. „Ich habe mir nämlich Folgendes überlegt ..."

Als Mathilda schließlich um kurz vor sechs ihre Sachen zusammenpackte und durch die Hoftür zurück zum Garten ging, hatte sie der halben Nachbarschaft von ihren Teich-Plänen erzählt und sich im Gegenzug Berichte von den schlimmsten Unfällen ihrer Nachbarn angehört. Dafür hatte sie keinen Gedanken mehr an die Polizei verschwendet – bis sie zurück ins Haus ging und sah, dass ihr Telefon rot blinkte. Sofort zog sich ihr Magen zusammen. Wer auch immer angerufen hatte, das konnte auch bis morgen warten. Und wenn es wichtig war, würde der Anrufer sich sicherlich nochmal melden.

Dennoch war sie froh, als bald darauf Christian Jansen an der Haustür klingelte. Er schwitzte leicht, sicher hatte er sich beeilt, um rechtzeitig fertig zu werden.

„Cola, Wasser?", bot Mathilda ihm an.

„Gerne eine Cola", antwortete er und blieb unschlüssig in der Küche stehen.

„Setz dich doch, ich hole nur rasch die Gläser …"

Er hatte die Schranktür schon geöffnet, ehe sie zu Ende sprechen konnte. „Diese hier? Oder lieber die flacheren? Haben Sie eigentlich eine Spülmaschine, Frau Müller?"

„Ja, das ist kein Problem", antwortete Mathilda. „Nimm die flachen mit dem roten Muster, bitte." Mit einem Mal hatte sie ein merkwürdiges Gefühl im Magen. Weshalb war der Junge so bemüht? Wollte er nur einen guten Eindruck machen, um den erwähnten Job zu bekommen? Oder gab es vielleicht noch einen anderen Grund? Auch wenn er die Prospekte in einem Trolley transportiert und zu Fuß ausgetragen hatte, hieß das nicht, dass er nicht auch ein Fahrrad besaß. War er heute Morgen vielleicht nicht nur zufällig am Unfallort gewesen?

Sie schüttelte den Kopf. Welch ein Unsinn. Christian war einfach nur nett und wollte ihr ein wenig Arbeit abnehmen, mehr nicht. „Bist du so lieb …“, sagte sie und stellte die Cola-Flasche auf den Tisch. Er öffnete sie und goss beiden ein Glas ein, ehe er sich schließlich setzte.

„Ja, Christian“, begann sie, „magst du erst mal etwas über dich erzählen? Du gehst sicher noch zur Schule, oder?“

Der Junge nickte. „Ich gehe in die zehnte Klasse. Eigentlich wollte ich eine Banklehre machen, aber meine Mutter hat mich überzeugt, dass ich doch noch bis zum Abi weitermache und dann immer noch überlegen kann, ob ich zuerst eine Ausbildung mache oder vielleicht doch studiere.“

„Und du trägst nebenbei Prospekte aus“, fuhr Mathilda fort. „Hast du überhaupt genug Zeit, noch einen weiteren Job anzunehmen? Ich will ja nicht, dass die Schule darunter leidet …“

Christian winkte ab. „Nein, das passt schon“, sagte er. „Und in drei Wochen beginnen sowieso die Sommerferien, dann habe ich noch mehr Zeit.“

„Könntest du dir denn vorstellen, ein Projekt bei mir im Garten zu machen?“, fragte Mathilda, ehe ihr auffiel, dass vermutlich niemand sonst das Anlegen eines Gartenteiches als „Projekt“ bezeichnet hätte. Manchmal merkte sie immer noch, dass sie solche Begriffe aus ihrem früheren Beruf benutzte, ohne darüber nachzudenken.

„Auf jeden Fall." Er nickte bestimmt. „Ich kenne mich zwar mit Blumen nicht so gut aus, aber ich kann gut sägen, Bäume und Hecken schneiden ..."

„Ich hätte gerne einen Teich", unterbrach Mathilda ihn.

Jetzt grinste er breit. „Teich – das heißt, ein Loch buddeln, Folie verlegen, anstrengende Arbeit ... so was mag ich. Das ist ein toller Ausgleich zur Schule und den Hausaufgaben. Vielleicht können wir mit dem Aushub irgendwo einen sonnigen Hügel anlegen?"

„Gute Idee", stimmte Mathilda ihm sofort zu. „Wenn wir die ausgehobene Erde ein wenig magerer machen, kann man darauf einen richtigen Magerrasen anlegen, mit ganz anderen Pflanzen, als ich sie bisher hier habe ..." Sie musste grinsen und reichte ihm über dem Tisch die linke Hand. „Ich sehe schon, wir verstehen uns. Aber sag bitte Mathilda zu mir, ja? Schließlich arbeiten wir jetzt hier zusammen."

„Na gut, aber nur, wenn Sie das nicht meiner Mutter verraten", stimmte er zu. „Die ist bestimmt der Meinung, das sei unhöflich und nicht angemessen."

„Ach, ich bin doch nicht deine Lehrerin", entgegnete Mathilda. „Außerdem hat mich früher im Labor auch niemand ‚Frau Müller' genannt ..." Sie stutzte, griff hastig nach dem Cola-Glas, trank einen Schluck. Dann sah sie Christian ernst an.

„Woher kanntest du eigentlich meinen Namen, heute Morgen, als du mir geholfen hast? Wir haben uns doch hier in der Straße nie bewusst gesehen ...“ Oder hatte nur sie den Jungen immer übersehen, und er hatte genau gewusst, wer sie war? Natürlich war das möglich, dennoch hatte sie die Frage nicht herunterschlucken können.

Er schüttelte den Kopf. „Nee, ich habe Sie ehrlich gesagt auch bisher nicht wirklich wahrgenommen. Wir wohnen ja auch erst seit ein paar Jahren hier. Ich habe heute Morgen in Ihre Tasche geschaut, weil ich dachte, Sie hätten vielleicht einen Allergiker-Ausweis oder eine Info in Ihrem Portemonnaie, wer im Notfall zu benachrichtigen ist. Die Apothekerin meinte, es sei wichtig, dem Notarzt Bescheid zu geben, falls Sie gegen irgendwas allergisch wären.“

Die Apothekerin ... Sofort regte sich Mathildas Magen wieder. Hatte die Witwe nur einen Grund gesucht, in die Umhängetasche zu schauen? „Hast du ihr die Tasche anschließend gegeben, damit sie selbst nochmal darin suchen kann?“, erkundigte sie sich beiläufig, ohne den Blick von ihrer Cola zu nehmen.

„Hm, eigentlich wollte sie sie nur halten, damit sie nicht schmutzig wurde, während ich meine Jacke unter Ihren Kopf gelegt habe“, antwortete Christian nachdenklich.

Mathilda atmete tief durch. Dann hatte sie doch das richtige Gespür gehabt. Frau Linke *hatte* in ihre Tasche geschaut, und die Apothekerin wusste jetzt, dass Mathilda nicht zufällig bei ihr gewesen war. Diesmal aber fühlte Mathilda zum ersten Mal bei diesem Gedanken nicht die Scham, der anderen nie wieder unter die Augen treten zu können – diesmal wurde sie langsam wütend. Vielleicht war der ganze Unfall ja doch kein Zufall gewesen. Vielleicht war Mathilda auf der richtigen Spur gewesen, der Wahrheit ein Stück zu nahe gekommen ... aber ob die Polizei ihr das glauben würde?

„Auf alle Fälle war es gut, dass du heute Morgen dort warst und mir helfen konntest", sagte sie und nickte bekräftigend. Dann runzelte sie die Stirn. „Aber sag mal, auf die Gefahr hin, dass ich jetzt wie deine Mutter klinge – hattest du eigentlich keinen Unterricht?"

Christian grinste und senkte den Blick. „Na ja, eigentlich schon ... Wir hatten eine Freistunde, und ich wollte in der Zeit für meine Mutter ein Geschenk bei einer Freundin von ihr einwerfen, die in Vetschau wohnt. Sie haben aber recht, die letzte Stunde Technik habe ich geschwänzt, weil ich es nicht rechtzeitig zurück geschafft habe."

Mathilda nickte ihm aufmunternd zu. „Na, daran bin ich ja wohl nicht ganz unschuldig", bemerkte sie. Dann warf sie einen Blick auf die Uhr. „Oh, schon so spät – du musst bestimmt noch Hausaufgaben machen. Ich will dich nicht länger aufhalten – meld' dich einfach, wenn du anfangen willst. Und dann müssen wir noch über deinen Stundenlohn sprechen ..."

„Soll ich einfach morgen gegen drei mal vorbeikommen?", schlug Christian vor. „Dann schauen
wir uns im Garten genau an, wie Sie sich das vorstellen ... und ich kann einfach mal anfangen zu
graben. Und vorher natürlich die Blumen umset-
zen, die jetzt dort stehen, wo Sie den Teich haben
möchten."

„Du denkst wirklich mit", nickte Mathilda aner-
kennend.

Nachdem sie sich verabschiedet hatten, sah sie
ihm noch einen Augenblick nach, als er eilig nach
Hause ging. Selbst wenn er der Unfallfahrer gewesen wäre, was sie nicht mehr glauben konnte –
diesem netten, intelligenten und aufmerksamen
jungen Mann hätte sie auch das verziehen. Wozu
so ein Unfall doch gut sein konnte ...

Zurück in ihrer Küche, sah sie mit Unbehagen
die noch immer penetrant blinkende Nachrichten-
taste auf ihrem Telefon. Zumindest einmal nachsehen musste sie, wer da angerufen hatte. Vielleicht war es ja ganz harmlos, einfach ein
Nachbar, der die Details ihres morgendlichen Unfalls nochmal aus erster Hand hören wollte ... Sie
drückte auf die Taste. Im Display erschien eine
Aachener Nummer, dann folgte die 9577 ... das
war die Nummer des Polizeipräsidiums. Die hatte
sie schon auf der Visitenkarte von Kommissarin
Schlangen gesehen. Saatkamp oder Schlangen?
Ohne lange nachzudenken, drückte sie auf „Rück-
ruf". Der heutige Tag war sowieso schon gelaufen,

sie musste sich nicht noch den morgigen verderben.

„Saatkamp", meldete sich ausgerechnet der Hauptkommissar.

„Müller, Sie hatten mich angerufen", entgegnete Mathilda. Ihre Stimme klang barscher als beabsichtigt. Eigentlich fühlte sie sich vor allem müde.

„Ah, gut, dass Sie sich melden", antwortete Saatkamp. „Frau Müller, ich würde gerne morgen noch einmal mit Ihnen sprechen. Würde es Ihnen nachmittags gegen zwei Uhr passen?"

Mathilda zog die Augenbrauen hoch. So höflich, wie der Mann klang, hatte er entweder ein schlechtes Gewissen, oder er führte etwas im Schilde. „Morgen um drei habe ich bereits einen anderen Termin, den ich nicht verschieben kann", entgegnete sie trocken. „Wie wäre es denn übermorgen?"

Er lachte leise. „Es geht hier nicht um eine Verabredung zum Kaffee", sagte er dann nüchtern. „Wenn Sie nachmittags keine Zeit haben, kommen Sie doch bitte morgens um neun zu mir. Oder haben Sie auch vormittags unaufschiebbare Termine?"

Mathilda schluckte die Antwort herunter, die ihr schon auf der Zunge lag. Der Mann saß am längeren Hebel. Mit ihm durfte sie sich nicht anlegen. „Morgen um neun ist in Ordnung", antwortete sie schließlich. „Wie lange wird es dauern?"

„So lange, wie es dauert", seufzte er. „Aber um drei Uhr sollten Sie wieder zu Hause sein, keine

Sorge. Einen schönen Abend noch." Damit legte er auf.

Mathilda ließ das Mobilteil auf die Ladestation sinken. Ihr Herz hämmerte wieder viel zu schnell und zu fest gegen ihre Rippen. Verdammt, was hatte der Mann vor? Hätte sie ihm sagen sollen, dass sie heute einen Unfall gehabt hatte, der vielleicht mit dem Fall zusammenhing? Sie war so eingeschüchtert gewesen bei der Vorstellung, dass er sie kurzerhand zur Verdächtigen erklären und in Untersuchungshaft stecken könnte, dass sie daran überhaupt nicht gedacht hatte.

Morgen, dachte sie. Morgen würde er es sowieso sehen und sie fragen, was passiert war. Und dann würde er endlich begreifen, wen er hier eigentlich zur Vernehmung bestellen sollte – Frau Linke, nicht Mathilda.

Und doch, so oft sie diesen Gedanken auch wiederholte, in dieser Nacht fand sie kaum Schlaf. Und das lag nicht nur an dem störenden Gipsverband.

Kapitel Sechs

Schon um sechs Uhr stand Mathilda auf, zwar immer noch hundemüde, aber sie hatte keine Lust mehr, sich weiter im Bett herumzuwälzen und zu überlegen, was Saatkamp von ihr wollte. Am liebsten wäre sie noch vor dem Frühstück in Ruhe durch ihren Garten gegangen und hätte den morgendlichen Gesang der Vögel genossen – doch merkwürdigerweise erinnerte sie diese Vorstellung direkt an den Sonntagmorgen, an dem sie den Toten gefunden hatte, und so blieb sie lieber im Haus, warf nur einen misstrauischen Blick hinaus und setzte sich stattdessen mit der Zeitung und dem ersten Kaffee des Tages an den Küchentisch.

Die Aachener Nachrichten wussten noch immer nicht mehr zu berichten. Nur ein kleiner Artikel, den Mathilda fast überlesen hätte, erklärte, die Ermittlungen würden mit Hochdruck vorangetrieben. Mathilda sah auf die Uhr. Noch gut zwei Stunden, dann würde sie wieder mit zu den Ermittlungen gehören. Sie hatte noch immer keine Vorstellung, was Saatkamp von ihr wollte. Schließlich hatte sie den Toten nur gefunden, sonst gab es keine Verbindung zwischen ihnen. Ob der Kommissar etwas über Mathildas Ex-Mann wissen wollte? Aber Jürgen hatte mit Sicherheit ebenso wenig mit dem Mord zu tun wie sie.

Als Mathilda gegen halb neun endlich in den Bus stieg, hatte sie noch immer keine Vorstellung, wozu der Hauptkommissar sie diesmal befragen wollte, dafür aber bereits genug Kaffee für den Rest des Tages getrunken. Diesmal fand sie Saatkamps Büro relativ schnell, und zur Abwechslung rief er auch „Herein!", als sie an die Tür klopfte.

Mathilda grüßte ihn bemüht neutral, reichte ihm die linke Hand über seinen Schreibtisch hinweg und setzte sich dann auf den Besucherstuhl davor. Der andere Schreibtisch in diesem Büro war momentan nicht besetzt, daher erwartete sie einen Moment lang, dass er Kommissarin Schlangen dazurufen würde, was er aber nicht tat. „Kaffee?", fragte er stattdessen.

„Gerne", antwortete Mathilda, ohne darüber nachzudenken, dass ihr Magen bereits verdächtig gluckste. Sie hätte zumindest etwas mehr essen sollen, wenn sie schon so viel Kaffee trank. Warum holte er Kommissarin Schlangen nicht? Würde er irgendeinen Trick versuchen, um Mathilda eine Aussage zu entlocken, die er sich so zurechtbiegen konnte, wie er wollte? Sie musste vorsichtig sein, nichts sagen, worüber sie nicht genau nachgedacht hatte.

„Was ist passiert?", fragte er, während er eine Tasse Kaffee vor ihr abstellte, und deutete mit dem Kopf auf ihre rechte Hand.

„Ein dummer Unfall", antwortete sie rasch. „Bei einem Spaziergang." Mit einem Mal wusste sie nicht mehr, ob sie ihm wirklich sagen sollte, wo sie angefahren worden war. Würde er vielleicht die falschen Schlüsse ziehen und glauben, sie stecke mit der Witwe unter einer Decke? „Was gibt es denn Neues in dem Fall?", fragte sie hastig nach, ohne ernsthaft auf eine Antwort zu hoffen.

Saatkamp zog die Augenbrauen hoch. „Sie sind sich schon darüber im Klaren, dass *ich* hier die Fragen stelle?", bemerkte er trocken. „Aber um Ihre Frage zu beantworten – der Tote hatte jede Menge Feinde in seinem beruflichen Umfeld, und wir sind gerade dabei zu überprüfen, welche Verbindungen es zum Fundort gibt."

„Keine", antwortete Mathilda sofort. „Der Fundort ist mein Garten, und ich hatte mit dem Mann nichts zu tun. Weder beruflich noch privat."

Saatkamp seufzte und gab sich keine Mühe zu verbergen, dass ihm diese Antwort nicht gefiel. „Liebe Frau Müller", antwortete er in dem typischen Tonfall, den man gegenüber einem besonders begriffsstutzigen Kind verwendete, „Sie haben ja nun auch Nachbarn. Und einen Ex-Mann, der im gleichen Haus gewohnt hat wie sie. Diese Personen kann man ebenso mit dem Tatort in Verbindung bringen."

„Aber nicht mit dem Toten", entgegnete Mathilda prompt.

„Doch."

Dieses eine Wort genügte, um Mathilda erstarren zu lassen. „Sie meinen ... Jürgen kannte den Toten?", fragte sie schließlich nach. Das konnte doch wohl nicht wahr sein ... und wenn, dann war es einfach ein unglaublicher Zufall ... Nie im Leben hatte ihr Ex-Mann etwas mit diesem Verbrechen zu tun. Sie spürte, wie sie zu schwitzen begann.

„Zwischen Ihrem geschiedenen Mann und dem Toten haben wir bisher keine Verbindung finden können", antwortete Saatkamp.

„Also ... was erzählen Sie denn dann?", entgegnete Mathilda kopfschüttelnd, ohne darüber nachzudenken, dass sie den Hauptkommissar eigentlich freundlicher hatte behandeln wollen. Sie atmete tief durch. Versuchte der Mann nur, sie aus der Reserve zu locken, indem er an den Haaren herbeigezogene Andeutungen fallenließ?

„Aber zwischen dem Toten und Frau Selig", fuhr er unbeeindruckt fort.

Mathilda starrte ihn mit weit aufgerissenen Augen an. „Irmtraud? Sie meinen ... Nein, nie im Leben hat Irmtraud etwas mit diesem Fall zu tun." Aber eine andere Frau Selig kannte Mathilda nicht. Erst recht nicht in ihrer direkten Nachbarschaft.

„Ihre Nachbarin Frau Selig hat durch den Toten eine größere Menge Geld verloren", sagte der Hauptkommissar. „Und sie ist die einzige, die mit etwas Mühe in diese abgeschiedene Ecke blicken konnte, in der der Tote gefunden wurde. Bei allen anderen Nachbarn ist das nicht möglich."

Mathilda schüttelte langsam den Kopf. Ihr Magen gluckste leise, und mit einem Mal spürte sie die Müdigkeit des frühen Morgens wieder aufsteigen. „Nein, Irmtraud hat damit definitiv nichts zu tun", sagte sie leise. „Die Frau ist kaum jünger als ich – wie hätte sie denn über den Zaun zwischen unseren Gärten steigen sollen?"

„Frau Selig besitzt mehrere Plastikhocker, zwei- und dreistufige Leitern und ähnliches – damit ist es kein Problem, einen Zaun von nur einem Meter Höhe zu überklettern", antwortete Saatkamp. „Was ich aber eigentlich von Ihnen wissen wollte …"

„Nein, ich traue ihr das nicht zu!" Mathilda starrte ihn wütend an. „Erst verdächtigen Sie mich, dann meinen Ex-Mann, jetzt meine Nachbarin – wie wäre es denn, wenn Sie zur Abwechslung mal die wirklich Verdächtigen verhören? Zum Beispiel die Witwe?"

Er hob die linke Augenbraue. „Dann lassen Sie doch mal hören, weshalb die Witwe verdächtig sein soll", antwortete er ruhig.

Mathilda biss sich auf die Zunge. Eigentlich hatte sie von dem Unfall und dem vorangegangenen Versuch, Frau Linke etwas Interessantes zu entlocken, lieber nichts sagen wollen … aber jetzt, wo ihre Nachbarin plötzlich verdächtigt wurde, konnte Mathilda diesen Verdacht nicht verschweigen. Zumal sie Irmtraud ja nicht einmal vorgewarnt hatte – die Ärmste wusste doch überhaupt noch nichts davon, dass jemand in Mathildas Garten erschlagen worden war …

„Haben Sie Frau Selig denn schon zu dem Verdacht befragt?", erkundigte sie sich.

„Meine Kollegin ist gerade dort", antwortete der Hauptkommissar. „Und nun, wenn ich bitten dürfte, Ihre Version der Geschichte – was hat die Witwe mit der Tat zu tun?"

Sie versuchte, sich zu konzentrieren. Dass Irmtraud nun von Kommissarin Schlangen von dem Toten erfahren musste und deshalb vermutlich die nächsten Wochen nicht mit Mathilda reden würde – daran konnte sie momentan sowieso nichts ändern. „Ich war gestern Vormittag ein wenig spazieren", begann sie. „Dummerweise in relativ neuen Schuhen. Als ich merkte, dass meine Ferse zu schmerzen begann, habe ich mir vorsichtshalber in der nächstgelegenen Apotheke ein Blasenpflaster gekauft. Und dabei festgestellt, dass die Apotheke die gleiche war wie die auf dem Foto in einem Online-Artikel über den Mord, den ich zufällig vorher gelesen hatte."

„Zufälle gibt es …", bemerkte Saatkamp lakonisch.

Mathilda ignorierte seinen Einwurf. „Jedenfalls habe ich ein paar Worte mit Frau Linke gewechselt, und als ich die Apotheke wieder verließ, wurde ich von einem Radfahrer umgefahren, der anschließend geflüchtet ist. Denken Sie nicht, das sollte vielleicht eine Warnung sein, der Witwe nicht zu nahe zu kommen?"

„Ich denke, das klingt ziemlich weit hergeholt", antwortete Saatkamp nachdenklich. „Damit wir uns richtig verstehen – mit ‚ein paar Worte mit Frau Linke gewechselt' meinen Sie vermutlich, Sie haben ihr ein paar Fragen gestellt?"

Mathilda spürte, wie ihre Wangen rot wurden. „Ja, das auch", murmelte sie.

„Dann kann ich Ihre Schlussfolgerung aus dem Unfall nur unterstützen", sagte Saatkamp. „Halten Sie sich von Frau Linke fern. Wenn es da etwas zu ermitteln gibt, dann kümmern wir uns darum."

„Ich hatte nicht vor, mich in Ihre Ermittlungen einzumischen", entgegnete Mathilda. „Ich sagte doch, es war reiner Zufall, dass ich ausgerechnet in dieser Apotheke ..."

„Ja ja, das sagten Sie schon", unterbrach Saatkamp, „und ich denke, Ihnen ist auch klar, dass ich nicht vorhabe, Ihnen das zu glauben. Aber um mal wieder zum eigentlichen Thema zurückzukommen – erzählen Sie mir bitte etwas über Frau Selig. Wie ist ihre finanzielle Situation? Haben Sie das Gefühl, Ihre Nachbarin steckt in finanziellen Schwierigkeiten?"

Mathilda schnaubte leise. Wie konnte dieser Mann es wagen, sie erst der Lüge zu bezichtigen und ihr dann noch solche Fragen zu stellen? Gut, natürlich hatte er nicht unrecht, ein wenig geschwindelt hatte sie ja schon ... Aber darüber konnte er doch wohl dezent hinwegsehen! „Nein,

Irmtraud hat durchaus keine finanziellen Probleme", antwortete sie gepresst. „Sie hat sich gerade vor zwei oder drei Monaten ein neues Cabrio gekauft und das auch bar bezahlt – sie hat mir nämlich noch erzählt, dass sie das Geld in der Bank vorher reservieren musste."

Saatkamp nickte, ohne Mathildas verärgerte Miene zu kommentieren. „Vor einigen Monaten wusste sie auch noch nicht, dass die Geldsumme, die sie angelegt hatte, deutlich geschrumpft ist. Hat sie in den letzten Wochen auch größere Ausgaben getätigt?"

„Mehr als ein Auto gleichzeitig kann sie ja nicht fahren", gab Mathilda schnippisch zurück. „Was wollen Sie denn hören? Wir sind beide ganz normale Rentnerinnen, sie hat ihren Mann schon vor fast zehn Jahren verloren, wir leben ein ganz normales Leben, kümmern uns um unsere Häuser und Gärten ... Und von Luxusreisen hat sie auch nie erzählt, falls Sie darauf hinauswollen." Irgendwie verstand sie noch immer nicht, welches Problem dieser Hauptkommissar mit Irmtraud hatte. Erst fragte er nach finanziellen Schwierigkeiten, jetzt nach größeren Ausgaben ... Was wollte der Mann eigentlich wissen? Oder stocherte er einfach nur im Nebel und hoffte, sie würde ihn zufällig auf die richtige Spur bringen?

„Übrigens wurde das Blatt, das Sie gefunden haben, von unserem Spezialisten gründlich untersucht", bemerkte Saatkamp übergangslos. „Sie hatten recht, es handelt sich dabei tatsächlich um das Blatt einer Immortelle. Unser Spezialist wunderte sich allerdings darüber, dass Sie das erkannt haben – er meinte, das Blatt sei schwer genug zu finden gewesen, und es dann noch von Lavendel zu unterscheiden, sei für Laien nahezu unmöglich.“

Mathilda starrte ihn mit offenem Mund an. Was sollte denn das nun wieder? „Wollen Sie mir etwa sagen, ich würde Ihnen Beweise unterschieben, um von mir selbst abzulenken?“, entgegnete sie scharf. „Sie haben doch schon diese Aktion mit der Rechtsmedizin organisiert, nur um zu sehen, wie ich auf den Toten reagiere. Und jetzt behaupten Sie allen Ernstes, ich hätte etwas mit diesem Verbrechen zu tun, nur weil Ihr *Spezialist* nicht damit leben kann, dass sich auch eine ganz normale Gartenbesitzerin mit Pflanzen auskennt und in der Lage ist, ein Bestimmungsbuch zu benutzen?“ Sie atmete tief durch, um sich zu beruhigen. „Der Geruch ist doch ganz anders“, sagte sie dann und fühlte sich mit einem Mal furchtbar müde. Dieses Spiel war nichts für sie. Sie wollte sich nicht streiten – und erst recht nicht mit diesem Mann, der sie nach Belieben verhaften konnte, wenn er Lust dazu hatte. Diesen Kampf konnte sie nicht gewinnen. Nicht, solange er die Regeln diktierte.

„Ja, das sagt unser Spezialist auch“, antwortete er langsam. „Am Geruch kann man die beiden Pflanzen am leichtesten unterscheiden. Und was die Fahrt in die Rechtsmedizin angeht ...“ Mit einem Mal blickte er sie fast entschuldigend an. „Das war nicht ganz so vorgesehen. Aber dennoch sicherlich interessant für Sie, oder?"

„Darauf hätte ich gut verzichten können", entgegnete Mathilda barsch. Wenn sie nicht dort gewesen wäre, hätte sie den Namen des Toten nicht erfahren, sich wohl auch nicht auf die Suche nach seiner Witwe gemacht ... und säße hier jetzt mit zwei gesunden Händen. Andererseits würde ihr Teich dann noch länger Wunschdenken bleiben ... Wer wusste schon, wozu das alles gut war?

Sie lehnte sich zurück und sah den Hauptkommissar mit zur Seite gelegtem Kopf an. „War es das? Oder haben Sie vor, noch weitere Nachbarinnen von mir zu verdächtigen? Wollen Sie nicht vielleicht einen Beobachtungsposten in meinem Garten errichten, um alle Fußgänger festzunehmen, die zufällig mit ihren Hunden hinter dem Garten durch die Felder gehen?" Vielleicht war das zu frech, aber alles konnte sie sich nicht gefallen lassen. Auch wenn Saatkamp am längeren Hebel saß.

Er versuchte vergeblich, ein Lächeln zu unterdrücken, ehe er wieder ernst wurde. „Unsere Leute haben ihre Posten an dem Feldweg hinter Ihrem Haus bezogen", antwortete er. „Das ist Ihnen sicherlich lieber, als wenn sie sich direkt an Ihrem Garten aufstellen. Und ehe Sie sich jetzt beklagen, wir würden Ihre Nachbarn bespitzeln – Sie ziehen es doch sicher auch vor, wenn wir auf diese Weise einen Zeugen finden, der uns weiterhelfen kann.

Vergessen Sie nicht, dass der Tatort lediglich von Ihrer Nachbarin Frau Selig und ansatzweise von Ihnen selbst eingesehen werden kann – und sonst nur noch vom Feld aus."

„Warum ermitteln Sie nicht einfach, ob Herr Linke vor seinem Tod mit einer Frau verabredet war und ob seine Witwe davon wusste?", entgegnete Mathilda. Dass die Polizei jetzt auch noch harmlose Spaziergänger in den Feldern anhalten wollte, widerstrebte ihr tatsächlich.

„Warum lassen Sie uns nicht einfach unsere Arbeit machen?", entgegnete Saatkamp in dem leicht spöttischen Tonfall, der Mathilda wieder auf die Palme brachte.

„Weil Sie offensichtlich völlig im Nebel stochern und harmlose Menschen verdächtigen, nur weil die zufällig in der Nähe des Tatortes wohnen oder dort mit ihren Hunden Gassi gehen!" Sie schob den Stuhl zurück und sah ihn auffordernd an. „Haben Sie noch eine *ernsthafte* Frage? Sonst würde ich mich nämlich lieber wieder mit *wichtigen* Dingen beschäftigen, wie zum Beispiel mit meinem Garten." Auch wenn er sie jetzt noch mehr verdächtigte – sie konnte sich doch nicht alles bieten lassen!

Er atmete tief durch und hob die Augenbrauen. „Sie missverstehen die Situation", sagte er schließlich bedächtig. „Ich will weder Sie noch Ihre Nachbarin in diesen Fall hineinziehen. Sie beide stecken schon mittendrin – und mein Job ist es festzustellen, ob das nur zufällig so ist oder nicht.

Wenn ich von letzterem überzeugt wäre, würde ich Sie jetzt sicherlich nicht nach Hause gehen lassen. Und Ihre Nachbarin, Frau Selig, säße in einem anderen Besprechungsraum und nicht zu Hause in ihrem Wohnzimmer mit meiner Kollegin."

Mathilda schluckte. Die versteckte Drohung war deutlich genug gewesen, auch wenn der Hauptkommissar sie hinter scheinbarem Verständnis für ihre Situation versteckt hatte. „Ich will doch nur, dass dieser Fall endlich aufgeklärt wird und wir alle wieder unsere Ruhe haben", antwortete sie leise.

Er nickte. „Wir arbeiten daran, das kann ich Ihnen versichern. Und solange Sie und Ihre Nachbarin nichts mit dem Verbrechen zu tun haben, brauchen Sie sich auch keine Sorgen zu machen – auch wenn die Ermittlungsmethoden einiger Kriminalbeamter manchmal etwas anderes nahelegen mögen."

Mathilda verkniff sich einen Kommentar. Was sollte sie auch dazu sagen? Als ernsthafte Entschuldigung konnte sie diese Bemerkung jedenfalls nicht gelten lassen, dazu war der Inhalt viel zu diffus und viel zu wenig auf ihn selbst bezogen. „Kann ich denn jetzt gehen?", fragte sie stattdessen in möglichst neutralem Ton.

„Von mir aus." Er nickte. „Und sollte Ihnen noch etwas einfallen, oder falls Sie in nächster Zeit verdächtige Personen in der Nähe ihres Grundstücks bemerken – melden Sie sich. Es liegt ja in

Ihrem eigenen Interesse, dass dieser Fall schnell aufgeklärt wird."

„Das mache ich", antwortete Mathilda und reichte ihm zum Abschied die unverletzte Linke. „Und Sie denken an die Witwe?"

„Ich werde auch mit der Witwe noch einmal sprechen", stimmte er ihr zu. „Und sollte sich dabei etwas Neues ergeben, werden Sie es ja aus der Zeitung erfahren."

Mit anderen Worten – es gab keinen Grund für sie, hier anzurufen, übersetzte Mathilda den letzten Satz in Gedanken. Aber das hatte sie sowieso nicht vorgehabt. Bisher schien alles, was sie zur Aufklärung des Falles beigetragen hatte, nur dazu zu führen, dass sie sich noch tiefer darin verwickelte. Damit war jetzt endgültig Schluss. Ab heute Nachmittag würde sie sich nur noch mit dem zukünftigen Teich beschäftigen – und dafür musste sie jetzt noch einiges planen.

Der Bus kam recht pünktlich und lieferte sie gegen elf Uhr zu Hause ab. Auf einen Umweg über ein Gartencenter hatte sie verzichtet; nach der Teichfolie konnte sie immer noch schauen, wenn sie in ein paar Wochen wieder Auto fahren konnte. Und falls Christian schneller mit dem Ausheben des Teiches fertig sein sollte, würde Irmtraud sie sicherlich gerne fahren. Oder Else, falls Irmtraud ihr dann immer noch böse wäre.

Zur Abwechslung machte Mathilda sich einen Tee mit frischer Minze, die seit vielen Jahren in ihrem Garten wuchs, nachdem Mathilda einmal in einem Restaurant den Unterschied zu den üblichen Teebeuteln kennengelernt hatte. Vorsichtshalber aß sie noch zwei Doppelkekse aus dem Süßigkeitenfach im Küchenschrank, um ihre Nerven zu beruhigen und den Kreislauf bis zum Mittagessen anzuregen, dann holte sie ein Klemmbrett mit Block und Stift und ging hinaus. Zumindest den Stift konnte sie ohne größere Probleme mit der rechten Hand halten – auch wenn sie damit nur krakelige Buchstaben und eine eher nach moderner Kunst aussehende Skizze des Beetes hinbekam, wo der Teich angelegt werden sollte. Aber das konnte sie später am Küchentisch in eine sauberere Form bringen. Jetzt musste sie erst einmal überlegen, wo genau der Teich angelegt werden sollte, welche Pflanzen dafür weichen mussten und wo sie diese unterbringen wollte.

Es war schon kurz nach eins, als Mathilda endlich wieder ins Haus ging. Zum einhändigen Kochen hatte sie keine Lust, daher schob sie kurzerhand zwei Pizza-Baguettes in den Backofen, die sicherlich auch nicht gesünder waren als die ganzen Süßigkeiten, die sie heute schon gegessen hatte, aber vielleicht zumindest auf andere Weise ungesund.

Während die Küche langsam von dem angenehmen Geruch der Baguettes durchdrungen wurde, begann Mathilda, ihre Kritzeleien auf ein neues Blatt Papier zu übertragen. Einerseits tat es ihr in der Seele weh, wenn sie sah, wie viele Blumen umgepflanzt werden mussten; andererseits hatte sie schon seit Jahren von einem kleinen Teich geträumt. Wenn sie sich vorstellte, wie er aussehen würde ... mit den Libellen, die sicherlich wiederkämen ... und vielleicht würde sich sogar der ein oder andere Molch oder Teichfrosch hier ansiedeln ... das war eine zu schöne Vorstellung, um sie durch das Risiko zu zerstören, dass einige Pflanzen den Umzug in ein anderes Beet nicht überleben würden. Außerdem konnte sie für einen Teil des Teiches ein Stück Rasen dazunehmen, ohne dass der Weg um das Beet herum dadurch an dieser Stelle zu schmal würde. Nur ein Geländer müsste sie dort anbringen ... oder besser gesagt, Christian müsste das machen. Hatte er nicht sogar erwähnt, dass er mit einer Säge umgehen konnte? Dann sollte ihm alles andere auch nicht schwerfallen.

Nachdem sie beim Mittagessen ihr Buch über das Anlegen von Gartenteichen noch einmal zu lesen begonnen hatte, um möglichst wenig Fehler in der Planungsphase zu machen, überlegte sie beim anschließenden Einräumen der Spülmaschine, ob sie dem Jungen wirklich vertrauen konnte, dass er hier ordentlich arbeitete. Wer sagte denn, dass er sich tatsächlich mit Gartenarbeit auskannte? Dass er nicht das Unkraut sorgfältig umpflanzte und die interessantesten Blumen vergaß oder wegwarf? Auf alle Fälle musste sie ihm zumindest anfangs über die Schulter schauen, wie er arbeitete. Niemandem war damit gedient, wenn er hier doch nur Chaos anrichtete und Mathilda anschließend weder ihren Teich noch das frühere, schön gepflegte Beet hatte.

Aber wenn sie ehrlich war, hatte sie eigentlich ein gutes Gefühl bei dem Jungen. Er machte einen netten, umgänglichen und zuverlässigen Eindruck. Zumindest war sie sich fast sicher, dass er sich Mühe geben würde. Und alles andere konnte er lernen.

Nachdem sie die Skizzen komplett übertragen hatte, setzte sie sich mit einer weiteren Tasse Pfefferminztee auf die Bank auf ihrer Veranda und las noch etwas weiter in dem Gartenteich-Buch. Da sie keine Fische darin halten wollte, brauchte sie sich um viele Probleme keine Gedanken zu machen; andererseits stellten auch Molche und Frösche natürlich Ansprüche an ihren Lebensraum ... und wenn sie ehrlich war, durfte der Teich auch nicht allzu sehr nach brackigem Wasser riechen, um ihr nicht die Freude an den duftenden Blumen rings herum zu verleiden. In der Natur hatten sicherlich auch algenreiche Tümpel ihre Berechtigung, aber hier in ihrem Garten sollte es doch etwas ordentlicher zugehen.

Christian klopfte ein paar Minuten vor drei an der Gartentür, beladen mit einigen Büchern und einem Plastikeimer mit kleinen Gartengeräten. „Vermutlich haben Sie das alles selbst“, sagte er zur Begrüßung, „aber ich dachte, ich bringe lieber mal ein paar Dinge mit, falls wir heute schon die ersten Blumen umpflanzen können.“

Nachdem er mit Pfefferminztee versorgt war und Mathilda eine große Dose Plätzchen geöffnet und auf die Bank zwischen ihnen gestellt hatte, zeigte der Junge ihr in den Büchern, was er sich bereits angesehen hatte. „Hier, diese Form gefällt mir gut", sagte er und deutete auf ein Bild. „Darin hätten Sie drei verschiedene Wassertiefen mit entsprechend unterschiedlichen Tieren und Pflanzen. Und dann habe ich noch einen kleinen künstlichen Bachlauf gefunden, den man auch nutzen kann, um das Wasser zu klären; das lässt sich aber ebenso gut mit einer Folie anlegen ... Wenn Sie mögen, könnte man mit der Pumpe auch einen niedrigen Wasserfall betreiben. Das Geräusch soll angenehm sein, wenn man das Wasser nicht zu tief fallen, sondern mehr so über ein paar Steine plätschern lässt ..."

Mathilda musste schmunzeln. „Du hast dich ja schon richtig intensiv damit beschäftigt", sagte sie und deutete auf das erste Bild. „Hier die Teichform gefällt mir auch, und das mit den unterschiedlich tiefen Regionen ist eine gute Idee. Warte mal, ich hole meine Skizze ..."

Nach kurzer Zeit gingen sie gemeinsam mit den Skizzen und Büchern zu dem Beet, das Mathilda umgestaltet haben wollte. Dort legten sie mit einem Eimer Steine aus dem Steinbeet vor der Veranda die Form nach, die der Teich haben sollte. Mathilda maß vorsichtshalber die Breite des Rasenmähers, um damit nicht später mit dem Geländer am Rand des Teiches zu kollidieren. Es war

schon kurz vor fünf, als alles soweit besprochen
war und Christian begann, vorsichtig die Pflanzen
auszugraben, die dem Teich weichen mussten.

Mathilda dirigierte jede Blume an ihren zukünftigen Ort und setzte sie dort sorgfältig wieder ein.
Zum Glück war ihr Garten groß genug, um diese
Pflanzen sinnvoll darin verteilen zu können. Wenn
sie die Blumen hätte wegwerfen müssen, hätte sie
spätestens jetzt ihre Teichpläne ad acta gelegt.

Als sie in dem Beet entlang des Zauns zu Irmtrauds Garten gerade mit einem kleinen Schüpp-
chen, das sie einhändig halten konnte, ein großes
Loch für das Tränende Herz aushob, nahm sie aus
den Augenwinkeln eine Bewegung wahr und blickte auf. Irmtraud stand am Anfang der Wiese im
Nachbargarten und blickte reglos in Richtung ihres Nutzgartens hinter der Rasenfläche. Mathilda
konnte selbst aus dieser Entfernung sehen, dass
die Nachbarin gerötete Augen hatte.

Sie schluckte, dann räusperte sie sich leise.
„Irmtraud, alles in Ordnung?", rief sie, ehe ihr
auffiel, wie blödsinnig diese Frage klingen musste.
Natürlich war nicht alles in Ordnung. Auch wenn
Kommissarin Schlangen sicherlich angenehmere
Fragen stellte als Hauptkommissar Saatkamp,
musste für Irmtraud heute eine Welt zusammen-
gebrochen sein. Die Nachbarin, die immer so darauf bedacht war, dass alles in seinen gewohnten
Bahnen verlief, die schon in leichte Panik verfiel,
nur weil Mathilda alleine eine Runde Wandern
gehen wollte … für die war es sicherlich ein

Schock gewesen, dass sich hier in direkter Nachbarschaft ein Verbrechen ereignet hatte und sie dann auch noch mit dieser Tat in Verbindung gebracht wurde. Frau Schlangen mochte noch so einfühlsam und unauffällig ihre Fragen gestellt haben – Irmtraud war ja nicht dumm, sie würde gemerkt haben, was die Kommissarin von ihr wollte.

Langsam wandte Irmtraud sich zu Mathilda um. Sie schüttelte wortlos den Kopf und drehte sich dann wieder zurück.

Mathilda atmete tief durch. Auch wenn sie mit dem Toten nichts zu tun hatte – sie hatte ihre Nachbarin nicht vorgewarnt. Diesen Vorwurf musste sie sich selbst machen. Jetzt konnte sie nur noch versuchen, Irmtraud wieder etwas aufzubauen. „Magst du morgen zum Frühstück vorbeikommen?", rief sie ihr zu. „Ich hole uns Croissants, und ich habe noch die selbstgemachte Erdbeermarmelade, die du doch auch gerne magst."

Irmtraud schien einen Moment darüber nachzudenken, dann sah sie Mathilda wieder an. „Um neun?", antwortete sie.

Kaum hatte Mathilda genickt, drehte Irmtraud sich um und ging mit langsamen Schritten zurück ins Haus.

Mathilda sah ihr noch nach, als die Tür vom Garten ins Haus schon längst wieder geschlossen war. „Die arme Irmtraud", murmelte sie. Dann schüttelte sie entschlossen den Kopf. Mit ihrem

Mitleid konnte sie der Nachbarin nicht helfen. Jetzt musste sie das wiedergutmachen, was sie durch ihr Schweigen über das Verbrechen angerichtet hatte. Dabei hatte sie ihre Nachbarn doch nur beschützen wollen, als sie ihnen nichts von dem Mord erzählte ... und sich selbst natürlich auch, wie sie eingestehen musste. Wenn sie ehrlich war, war ihre Hauptsorge gewesen, was Else und Irmtraud dazu sagen mochten, dass ausgerechnet in Mathildas Garten ein Mann erschlagen worden war. Dabei hätte sie wenigstens ihren direkten Nachbarinnen gegenüber ehrlich sein müssen. Zumindest wäre Irmtraud dann heute nicht ganz so unvorbereitet gewesen, als die Kommissarin sie besuchte ...

Aber diese Gedanken änderten jetzt nichts mehr. Seufzend richtete Mathilda sich auf, holte das Tränende Herz, das sie ein Stück weiter im Schatten hatte stehen lassen, und pflanzte es ein.

Es war schon nach sieben, als sie alle Pflanzen versetzt hatten und Christian sich auf den Heimweg machte. „Das macht echt Spaß“, sagte er zum Abschied. „Morgen habe ich eine Stunde weniger, da kann ich schon um zwei kommen, wenn Sie mögen.“

„Gerne – aber wenn du erst noch etwas anderes zu tun hast, mach das ruhig zuerst.“ Mathilda nickte ihm zu. „Und morgen gebe ich dir dann auch deinen Lohn für die ersten beiden Tage; wir wollen das ja nicht vergessen.“

„Ach, das eilt nicht", entgegnete er ausweichend, doch so zögernd, dass Mathilda sofort spürte, wie wichtig das Geld für den Jungen war. Er machte das alles sicherlich nicht nur zum Spaß. Vielleicht sparte er schon für den Führerschein? Oder für eine Urlaubsreise ohne seine Mutter? Egal, das ging sie nichts an.

Während Mathilda die Hoftür hinter ihm wieder abschloss, den Schlüssel abzog und sich mit einem kalten Glas Cola auf die Bank am Haus setzte, wurde ihr wieder einmal bewusst, wie viel sich in den letzten Tagen verändert hatte. Sie wäre noch vor einer Woche gar nicht auf die Idee gekommen, sich von einem fremden Jungen bei der Gartenarbeit helfen zu lassen. Jetzt, wo es nicht anders ging, erschien es ihr mit einem Mal selbstverständlich, dass sie Christian dafür bezahlte, hier zu arbeiten. Weshalb war sie früher nicht auf diese Lösung gekommen? Vielleicht einfach aus dem Stolz heraus, alles selber schaffen zu wollen, gestand sie sich schließlich ein. Sie war noch nie auf andere Menschen angewiesen gewesen. Vor einigen Jahren hatte sie ihr Haus noch komplett selbst angestrichen, und sie besserte alles selbst aus, was kaputtging. Nur an diesen Teich hatte sie sich nie herangetraut, weil sie geahnt hatte, dass damit eine schwere körperliche Arbeit verbunden war. Und natürlich viele Entscheidungen, bei denen sie ebenfalls nun froh war, sie mit Christian besprechen zu können. Der Junge mochte noch nicht erwachsen sein, aber er dachte mit.

An diesem Abend ging Mathilda früh zu Bett, doch einschlafen konnte sie erst weit nach Mitternacht. Ihr rechtes Handgelenk schmerzte, was sie mit der Zeit sicher hätte ignorieren können. Aber der Anblick ihrer Nachbarin Irmtraud, wie sie in ihrem Garten stand und verloren ins Nichts starrte, ließ sie einfach nicht los.

Kapitel Sieben

Als am nächsten Morgen um sieben Uhr der Wecker klingelte, fühlte Mathilda sich noch immer
wie gerädert. Zumindest schmerzte ihre rechte
Hand weniger als am Vortag. Aber alleine schon
bei dem Gedanken an Irmtraud, die in gerade mal
zwei Stunden vor der Tür stehen würde, zog sich
ihr Magen wieder zusammen. „Wärst du nicht zu
feige gewesen, ihr vorher alles zu erzählen, müss-
test du das jetzt nicht aushalten", murmelte sie
und tapste ins Bad. Nachdem sie sich mühsam
mit der linken Hand gekämmt und mit diversen
Tricks angezogen hatte, setzte sie Kaffee auf und
ging die Horbacher Straße hinunter zur Roermonder Straße, um bei Moss eine Auswahl Brötchen
zu holen. Vor allem Croissants und süße Brötchen
mit Schoko-Füllung fand sie heute wichtig. Nervennahrung konnten sie beide gebrauchen.

Den Rest des Morgens verbrachte Mathilda damit, in den Teich-Büchern und -Zeitschriften zu
blättern, die Christian ihr dagelassen hatte. Auf
etwas anderes konnte sie sich sowieso nicht konzentrieren. Und auch heute mochte sie merkwürdigerweise nicht alleine in den Garten gehen, obwohl sie genau wusste, dass niemand dort auf sie

lauerte, um sie ebenfalls zu erschlagen. Sie hatte keine Angst vor dem Mörder, das auf keinen Fall – und doch erschien ihr der Garten auch an diesem Tag nicht mehr wie die makellose Oase, die er letzte Woche noch gewesen war.

Irmtraud klingelte um Punkt neun Uhr. Als Mathilda die Haustür aufriss, standen sie sich beide einen Moment lang wortlos gegenüber. „Es tut mir so leid", sagte Mathilda schließlich. „Es war egoistisch von mir, dir und auch Else nichts von diesem Verbrechen zu erzählen."

Irmtraud schüttelte langsam den Kopf. „Unsinn", sagte sie schließlich. „Das hätte doch auch nichts daran geändert, dass diese verwirrte Kommissarin meinte, mich ausfragen zu müssen. Hast du einen Kaffee? Dann erzähle ich dir, was sie wissen wollte."

„Natürlich, und Croissants, wie versprochen", antwortete Mathilda hastig. „Komm doch erst mal rein, dann unterhalten wir uns in Ruhe."

Erst einmal erzählte Mathilda ihrer Nachbarin, was genau sich am letzten Sonntag zugetragen hatte. Sie fand, Irmtraud hatte zuerst ein Recht darauf, die ganze Geschichte zu erfahren.

„Auf deiner Hochsommer-Bank kann man überhaupt niemanden erschlagen", warf Irmtraud zwischen zwei Bissen in ihr Croissant ein, das sie dick mit Honig bestrichen hatte. „Die hat doch ein Dach. Das hat diese Polizistin gestern aber auch nicht verstanden."

„Der Mann ist von der Seite erschlagen worden“, erklärte Mathilda. „Mit meiner Tänzerinnen-Statue. Wenn man die unten fasst und genug Schwung holt, braucht man dafür gar nicht viel Kraft.“

„So was in dieser Richtung meinte diese Schlange auch“, ergänzte Irmtraud und nahm sich das nächste Croissant. „Dass durchaus auch eine Frau den Typen umgebracht haben könnte. Zumal hier in der Gegend ja scheinbar sowieso nur alleinstehende Frauen leben würden.“

„Diese Kommissarin scheint wirklich sehr davon überzeugt zu sein, dass jemand aus unserer Nachbarschaft der Täter – oder die Täterin – sein muss“, stimmte Mathilda ihr zu und biss in ihr Schokobrötchen.

„Genaugenommen eine von uns beiden“, ergänzte Irmtraud. „Lernen die heutzutage denn in der Ausbildung gar nichts mehr, dass die Frau auf solche Ideen kommt?“

Mathilda schluckte und spülte die Brötchenreste mit einem Schluck Kaffee herunter. „Die Frau Schlangen ist eigentlich gar nicht so übel“, sagte sie schließlich. „Ich glaube ja, die wird von ihrem Chef nur benutzt, um uns auf den Zahn zu fühlen. Sie kann ja gar nicht selbst entscheiden, in welche Richtung sie nun ermittelt. Und als ich gestern mit dem Hauptkommissar gesprochen habe, klang da auch etwas in dieser Richtung durch – er hat zwar nicht direkt zugegeben, dass er mir mit der Fahrt in die Rechtsmedizin eine

Falle stellen wollte, aber ich habe ja gemerkt, dass er sich bei diesem Thema unbehaglich fühlte."

„Rechtsmedizin?", nuschelte Irmtraud. „Davon hast du ja noch gar nichts erzählt. Berichte mal, danach bin ich dran."

Die Nachbarin bekam immer größere Augen, als Mathilda von der spontanen Fahrt nach Köln erzählte. „Und du hast den Toten gesehen? Also, nicht nur tot, sondern auch aufgeschnitten?", fragte sie nach.

„Eigentlich nur sein Gesicht", gab Mathilda zu. „Und ein Stück weit die Schultern – aber auf die habe ich gar nicht geachtet. Jedenfalls habe ich nichts davon gesehen, dass er obduziert worden war."

„Klingt besser als ‚aufgeschnitten'", stimmte Irmtraud ihr zu und biss herzhaft in ihr Croissant. „Aber schon komisch, dass du da einfach mit hin durftest …"

Mathilda nickte. „Deshalb glaube ich auch, dass Hauptkommissar Saatkamp mich noch immer zu den Verdächtigen zählt", antwortete sie. „Bestimmt hat er Kommissarin Schlangen angewiesen, genau zu beobachten, wie ich mich dort benehme. Vielleicht dachte er, ich würde zusammenbrechen, wenn ich den Toten sehe, und ein Geständnis ablegen … Dazu würde jedenfalls auch sein gestriges Benehmen passen."

„Apropos gestern", warf Irmtraud ein, „ich habe dir ja noch gar nichts von meiner Befragung erzählt …"

Zumindest, fand Mathilda, sah ihre Nachbarin heute wieder sehr gefasst aus und schien die ganze Situation mit Galgenhumor zu nehmen. Sie goss ihr und sich Kaffee nach und wartete dann gespannt auf Irmtrauds Bericht.

„Erst mal wusste ich natürlich gar nicht, was diese Frau von mir wollte", begann die Nachbarin. „Steht die einfach so vor meiner Tür, wedelt mit einem Ausweis vor meiner Nase herum und will reinkommen. Ich habe jedenfalls die Tür wieder zugemacht, meine Lesebrille geholt, und dann konnte ich ja sehen, dass sie behauptete, von der Polizei zu sein. Daraufhin habe ich sie natürlich gefragt, ob das ausgerechnet jetzt sein muss, schließlich hatte ich gerade begonnen, den Braten vorzubereiten, den ich mir in Portionen einfrieren wollte ... aber darauf hat sie keine Rücksicht genommen. Die jungen Dinger haben wirklich manchmal kein Benimm ..." Sie seufzte leise. „Nun, und dann hat sie mir gleich erzählt, dass du am Sonntag eine Leiche in deinem Garten gefunden hast, und wollte mir erst nicht mal verraten, wo genau – aber das habe ich ihr bald abgewöhnt. Wer von mir was wissen will, muss sich auch selber klar artikulieren."

Mathilda grinste. Offensichtlich hatte Irmtraud der Kommissarin das Leben nicht leicht gemacht. „Das hast du gut gemacht", sagte sie.

„Hat Wilma auch gesagt, als ich sie gestern Nachmittag beim Bäcker getroffen habe. Aber geändert hat es nichts, sie wollte immer noch wissen, wo ich in der Nacht von Samstag auf Sonntag war, was ich gesehen habe und ob ich einen Herrn Linke kenne."

„Und was hast du geantwortet?", hakte Mathilda nach.

„Im Bett, nichts, und dass ‚kennen' bei diesem Dreckstück zu viel gesagt ist", antwortete Irmtraud prompt. „Die letzte Bemerkung war, im Nachhinein betrachtet, weniger schlau – aber hätte ich ahnen können, dass ausgerechnet dieses Schwein sich umbringen lässt, und das dann noch gleich nebenan?"

„Nö, das konntest du nicht vorhersehen", bestätigte Mathilda, während sich ihr Magen wieder zusammenzog. Wenn sie Irmtraud den Namen des Toten verraten hätte, hätte die Nachbarin sich nicht so um Kopf und Kragen geredet …

„Egal, man soll ja nicht schlecht über Tote reden, aber davon wird er auch kein besserer Mensch", fuhr sie fort. „Jedenfalls meinte diese Schlange allen Ernstes, ich hätte problemlos mit meinen Gartenleitern in deinen Garten klettern, den Kerl erschlagen und dann in Ruhe ins Bett gehen können. Und das nur, weil ich kein richtiges Alibi habe. Meint die etwa, ich hätte mir das ausgesucht, dass mein Wilhelm mich so früh alleine zurücklässt?"

„Nein, natürlich nicht", stimmte Mathilda ihr zu. Was hätte sie auch sonst sagen sollen?

„Jedenfalls wollte sie dann noch wissen, ob ich Immortellen im Garten oder im Haus hätte", fuhr

Irmtraud fort. Sie schien mit jedem Wort aufgebrachter zu werden. „Und das, nachdem sie doch gerade erst minutenlang vor meiner Haustür warten musste, gleich neben dem Hochbeet mit den Gewürzen. Da hätte sie die Pflanze doch sehen müssen. Selbst davon hat sie keine Ahnung. Was hat die Frau eigentlich gelernt?"

Mathilda starrte sie an. Einen Moment lang glaubte sie, ihr Herz hätte zu schlagen vergessen, ehe es wieder fest gegen ihre Rippen pochte. „Du hast Immortellen im Vorgarten?", fragte sie tonlos.

„Natürlich, das ist doch die einzige Stelle, wo die Sonne von den Wänden so reflektiert wird, dass es richtig schön warm wird", entgegnete Irmtraud und zuckte mit den Achseln. „Hast du das Kräuterbeet noch nie bemerkt? Von deiner Haustür aus kannst du es natürlich nicht sehen, aber wenn du aus Richtung Vetschau kommst, fällt es doch eigentlich sofort auf. Zumindest, wenn du dich lang machst, bis du über die Hecke schauen kannst."

Mathilda atmete tief durch. „Mensch, Irmtraud", sagte sie leise. „Ich habe ein Immortellenblatt am Tatort gefunden. Deshalb hat Frau Schlangen dich danach gefragt. Ich hatte bei dir nur im Garten hinter dem Haus geschaut und nichts gesehen, was dazu gepasst hätte. Aber wenn du die Pflanze im Vorgarten hast, dann kann so ein Blatt doch auch leicht durch die Hoftür in deinen Garten und von dort aus in meinen geweht worden sein. Dann lag das Blatt rein zufällig dort, und es hatte überhaupt nichts mit einem Blumenstrauß zu tun, wie ich zuerst gedacht hatte. Das müssen wir den Polizisten unbedingt sagen – nicht, dass die dieses dumme Blatt weiterhin für ein Indiz halten und daraus womöglich die falschen Schlüsse ziehen ...“

„Haben sie schon“, entgegnete Irmtraud. „Die Schlange meinte erst, du hättest das Blatt dort absichtlich platziert, um von dir abzulenken. Danach hat sie versucht, mir einzureden, es könne nur in meiner Kleidung oder unter meinen Schuhen gewesen sein, und ich hätte es dort vor oder nach der Tat verloren.“

„Das hat die Kommissarin so gesagt?“, fragte Mathilda entgeistert nach. Ihr gegenüber war die Polizistin doch immer relativ nett gewesen!

„Nö, nicht direkt natürlich“, antwortete Irmtraud. „Aber ich bin doch nicht blöd. Ich merke doch, was jemand mir durch die Blume sagt – beziehungsweise von mir wissen will. Und du kannst mir glauben, für die Schlange sind wir die Hauptverdächtigen. Ausgerechnet. Als ob wir nichts Besseres zu tun hätten, als solche Halsabschneider zu erschlagen.“

„Was hattest du eigentlich mit ihm zu tun?“, hakte Mathilda nach, um das Thema zu wechseln. Dass sie selbst plötzlich wieder zu den Verdächtigen gehören sollte, gefiel ihr gar nicht. Darüber wollte sie überhaupt nicht nachdenken.

„Der Linke, die linke Bazille“, begann Irmtraud und trank dann erst mal eine Schluck Kaffee, wohl um sich zu beruhigen, „der sollte mich vor etlichen Jahren beraten, wie ich das Geld aus

Wilhelms Lebensversicherung am besten anlegen könnte. Von ein paar Bekannten war er mir empfohlen worden, die haben in den höchsten Tönen von ihm geschwärmt. Wie gut er ihr Geld angelegt hätte, wie viel Gewinn sie schon gemacht hätten ... Mein Geld hat er jedenfalls so phantastisch angelegt, dass davon nach der Bankenkrise fast nichts mehr übrig war. Vom letzten Rest habe ich mir mein Cabrio gekauft, weil ich dachte, das hätte Wilhelm gefallen ... aber er hätte sich immer gewünscht, dass wir nach unserem Tod eine große Summe an eine Stiftung geben könnten, die arme Kinder unterstützt. Das war ihm immer wichtig. Wer ein gutes Leben gehabt hat, hat er immer gesagt, kann doch nach seinem Tod dafür sorgen, dass es auch anderen etwas besser geht. Tja, und diese Summe wird nun deutlich kleiner ausfallen als gedacht, nur weil der Linke keine Ahnung hatte, was er tat. Reines Glücksspiel, sage ich dir. Ein paar meiner Bekannten sind immer noch glücklich mit seinen Anlagetipps, ein paar andere haben inzwischen ebenfalls viel Geld verloren, weil sie ihm zu blind vertraut haben.“ Sie zuckte mit den Achseln und biss erneut in ihr Croissant.

„Das klingt jedenfalls nicht nach einem Motiv“, bemerkte Mathilda. Wenn Irmtraud durch Linkes Schuld weder am Hungertuch nagte noch sich eine geplante größere Anschaffung versagen musste, dann hatte sie nun wirklich keinen Grund, den Mann zu erschlagen.

„Nö, ich bringe doch niemanden um, nur weil jetzt ein paar Stiftungen weniger erben, wenn ich irgendwann mal nicht mehr bin“, bestätigte die Nachbarin. „Wobei … so ein bisschen Verprügeln oder Wagenzerkratzen hätte ihm schon gutgetan …“

„So ein bisschen Erschlagen aber nicht“, entgegnete Mathilda. Manchmal war ihr Irmtrauds Humor doch etwas unheimlich. „Und das mit dem Verprügeln würde ich der Polizei gegenüber auch lieber für mich behalten, wenn ich du wäre“, fügte sie warnend hinzu.

„Ich bin doch nicht von gestern“, antwortete Irmtraud. „Nee, die erfahren von mir nicht mehr als nötig. Wie sieht es denn aus mit noch einer Tasse Kaffee?“

Nachdem sie die Kanne Kaffee geleert und dabei jeweils drei Croissants oder Schoko-Brötchen gegessen hatten, machte sich Irmtraud wieder auf den Rückweg. „So, Mathilda, und lass dich weder von der Polizei noch von einem Auto überfahren“, verabschiedete sie sich. „Und wenn das nächste Mal ein Toter in deinem Garten herumliegt, sag Bescheid, dann tragen wir ihn aufs Feld, um uns diese Scherereien zu ersparen.“

„Das machen wir“, antwortete Mathilda nach dem ersten Schreck und beschloss, dass ihre Nachbarin das nicht ernst gemeint hatte. So viel kriminelle Energie hätte sie Irmtraud jedenfalls nicht zugetraut.

Während sie frischen Kaffee aufsetzte, ließ Mathilda noch einmal das Gespräch mit Irmtraud Revue passieren. Die Nachbarin war zwar von dem Toten betrogen worden, aber eigentlich tat ihr der Verlust nicht so weh, dass sie ihn deshalb gleich hätte umbringen können. Und in Irmtrauds Vorgarten wuchs zwar eine Immortelle, aber deren Blatt konnte ja auch leicht mit dem Wind in Mathildas Hochsommerecke getragen worden sein.

Dumm nur, dass die Polizei das auch ganz anders sehen konnte. Irmtraud hatte durch Herrn Linke viel Geld verloren. Das Immortellenblatt konnte sie leicht in ihrer Kleidung oder den Haaren mit in Mathildas Garten gebracht haben, als sie ... Mathilda schüttelte entschieden den Kopf. Nein, nie im Leben hatte Irmtraud dem Mann etwas angetan. Und erst recht nicht hinterrücks. Wenn, dann hätte sie gewollt, dass er wusste, wofür er bestraft wurde. Eine Ohrfeige, ja, aber mehr traute sie ihrer Nachbarin einfach nicht zu.

Noch bevor der Kaffee komplett durchgelaufen war, klingelte es an der Haustür. Mathilda warf einen Blick auf die Uhr – kurz vor halb elf. Christian konnte das nicht sein – vielleicht ein Päckchen, das sie für Else oder einen der Nachbarn gegenüber annehmen sollte? Doch als sie aus dem Fenster neben der Haustür schaute, erblickte sie nicht den Postboten, sondern Kommissarin Schlangen.

Mathilda spürte, wie ihr Herz sofort schneller zu schlagen begann. Was wollte die Polizistin hier? Etwa noch weitere Fragen über Irmtraud stellen?

„Frau Schlangen", sie riss die Tür auf und blieb auf der Türschwelle stehen, um der Kommissarin zu zeigen, dass die alles andere als willkommen war.

„Frau Müller, das freut mich, dass ich Sie hier antreffe", begrüßte die Polizistin sie freundlich. „Darf ich kurz reinkommen? Es soll zu Ihrem Schaden nicht sein."

Mathilda runzelte die Stirn. Was wollte die Frau damit sagen? Wollte die Kommissarin sie etwa warnen, sich nicht mit Saatkamp anzulegen? Das würde passen, nachdem Mathilda ihn gestern nicht sonderlich höflich behandelt hatte.

Schließlich trat sie zur Seite und ließ Frau Schlangen wortlos ins Haus. „Wollen wir uns in die Küche setzen?", schlug die Polizistin vor und ging voraus, ohne eine Antwort abzuwarten. Wenn sie ihr gegenüber so selbstbewusst war, weshalb konnte sie sich dann gegen ihren Chef nicht durchsetzen? Warum hatte sie sich für diese Aktion mit der Rechtsmedizin einspannen lassen? Und war sie diesmal aus eigenem Antrieb hier oder auf Saatkamps Anweisung hin?

Die letzte Frage beantwortete Frau Schlangen sofort, nachdem sie sich auf einen der Küchenstühle gesetzt hatte. „Mein Vorgesetzter weiß nicht, dass ich hier bin", begann sie. „Ich möchte Sie auch bitten, diesen Besuch für sich zu behalten. Wie ich eben schon gesagt hatte, möchte ich Ihnen helfen."

„Wobei?", fragte Mathilda knapp und holte eine frische Kaffeetasse.

„Dabei, Ihre Unschuld zu beweisen", antwortete sie und goss sich in aller Ruhe eine Tasse frischen Kaffee ein. „Sagen Sie, dürfte ich wohl das letzte Croissant haben? Ich bin heute noch nicht zum Frühstücken gekommen."

Mathilda stellte ihr wortlos auch noch einen Kuchenteller hin und schob das Brotkörbchen näher zu der Kommissarin, ehe sie sich setzte. Hoffentlich verstand die Frau, dass das kein Freundschaftsangebot war. Auch wenn Frau Schlangen diesmal vielleicht wirklich aus eigenem Antrieb gekommen war.

„Ich würde Ihnen gerne erst von den letzten Entwicklungen berichten", begann die Kommissarin, „und dann erklären, welche Schlüsse mein Vorgesetzter daraus zieht. Ist das in Ordnung für Sie?"

„Dann legen Sie mal los", antwortete Mathilda, ohne das Misstrauen ganz aus ihrer Stimme verbannen zu können. Sie lehnte sich abwartend zurück.

„Wir haben gestern Nachmittag noch Besuch bekommen von einer jungen Frau, die sich am Abend des Mordes mit Linke in Ihrer versteckten Gartenecke getroffen hat", ließ die Polizistin die Bombe platzen. „Sie hatte in der Zeitung von dem

Verbrechen gelesen und sich gestern endlich entschlossen, sich bei uns zu melden."

„Also doch", entfuhr es Mathilda.

Frau Schlangen nickte. „Ja, mit dem Blumenstrauß hatten Sie offensichtlich recht. Ihrer Beschreibung nach waren Immortellen darin enthalten. Damit ist dieses Blatt, das Sie gefunden hatten, also erklärt."

Mathilda runzelte die Stirn. „Weshalb ‚ihrer Beschreibung nach'? Hatte sie den Blumenstrauß nicht mehr?"

„Sie hat ihn nach eigener Aussage nicht mitgenommen", erklärte die Kommissarin.

„Weshalb denn das?", fragte Mathilda verwirrt nach. „Und wo ist er dann hingekommen?"

„Auf die zweite Frage haben wir auch noch keine Antwort", sagte Frau Schlangen. „Vermutlich hat ihn der Mörder mitgenommen – aber aus welchem Grund, wissen wir nicht."

„Das klingt ziemlich verrückt", bemerkte Mathilda. „Wieso sollte er das machen? Vorausgesetzt, er hat nichts mit dieser jungen Frau zu tun ..."

„Wir denken nicht, dass sie mit dem Verbrechen in Verbindung steht", sagte die Kommissarin.

Mathilda schüttelte den Kopf. „Für mich bleiben immer noch zig Fragen offen. Weshalb haben die beiden sich überhaupt gerade in meinem Garten getroffen? Den Platz kann doch eigentlich nur jemand kennen, der hier in der Gegend wohnt. Lebt die junge Frau denn hier in der Nähe?"

„Das ist wohl etwas komplizierter", antwortete Schlangen. „Sie hat uns gegenüber zu Protokoll gegeben, dass Peter Linke ihr gesagt habe, er habe diesen verschwiegenen Ort zufällig bei einem Spaziergang durch die Felder entdeckt. Ob das nun wirklich stimmt, oder ob er diese versteckte Ecke wiederum von einer früheren Freundin kennt, die hier auf der Straße wohnt – das wissen wir nicht, und wir werden es wohl auch nicht mehr herausfinden. Aber es macht, genaugenommen, auch keinen Unterschied."

„Und was ist bei diesem Treffen geschehen?", hakte Mathilda nach. „Wenn die junge Frau den Blumenstrauß nicht mitgenommen hat, klingt das ja nicht nach der ganz großen Liebe."

Die Kommissarin schmunzelte. „Nein, das lief wohl etwas anders ab, zumindest nach Aussage der Zeugin. Er wollte sie mit diesem Blumenstrauß offenbar beeindrucken, erzählte ihr etwas von ewiger Liebe und dass die Immortelle ein Symbol dafür sei ... und dann klingelte sein Handy, und als er auf das Display schaute, erkannte sie einen Frauennamen. Daraufhin hat sie ihn zur Rede gestellt, und er hat schließlich zugegeben, dass diese Helene, deren Name im Display zu lesen war, seine Frau war. Natürlich hat er ihr die übliche Geschichte aufgetischt, dass sie nur noch auf dem Papier verheiratet seien und er sie jederzeit verlassen würde ... aber unsere Zeugin hat ihm daraufhin nach eigener Aussage den Blumenstrauß vor die Füße geworfen, ist wieder über den

Zaun geklettert und durch die Felder nach Hause gegangen."

„Also wohnt sie auch in Vetschau, Richterich oder Laurensberg?", fragte Mathilda nach.

Kommissarin Schlangen sah sie mit hochgezogenen Brauen an. „Über diese Zeugin werden Sie von mir nichts erfahren. Nicht einmal ihren Wohnort, geschweige denn mehr. Sie machen sich nur verdächtig, wenn Sie auf eigene Faust den Zeugen hinterherschnüffeln."

Mathilda nickte unwillig. „Das hatte ich gar nicht vor", sagte sie. Und das war auch ehrlich gemeint. Ein gebrochenes Handgelenk reichte ihr. „Aber hat diese junge Frau denn niemanden sonst gesehen? Der Mörder muss ihr doch eigentlich begegnet sein, wenn sie Herrn Linke tatsächlich lebend zurückgelassen hat."

„Sie gibt an, schon während des Streites mit Linke Geräusche gehört zu haben", stimmte die Polizistin ihr zu. „Aber sie meint, diese Geräusche seien nicht vom Feld gekommen, sondern aus Richtung Garten – wobei sie nicht sagen kann, ob aus Ihrem oder dem von Frau Selig."

„Dann hatte sich dort also bereits jemand anders versteckt und nur darauf gewartet, dass Linke alleine war", folgerte Mathilda.

Die Kommissarin nickte. „Ja, fragt sich nur wer."

„Die Witwe!", antwortete Mathilda prompt. „Das ist doch nur logisch. Sie sieht, wie ihr Mann mit einer anderen herumpoussiert, hört ihn sogar von

Scheidung sprechen – natürlich muss sie da wütend werden."

Schlangen lächelte. „Das ist unwahrscheinlich", sagte sie. „Frau Linke hat nämlich ein Alibi."

„Alibis kann man auch fälschen", entgegnete Mathilda.

Die Kommissarin lächelte noch breiter. „Dazu gibt es hier aber keinen Grund. Das Alibi von Frau Linke ist nämlich ihr Liebhaber. Und wenn ich Ihnen jetzt noch verrate, dass die Witwe dabei war, die Scheidung vorzubereiten, und ihr Anwalt uns die entsprechenden Papiere zur Bestätigung gezeigt hat, glauben Sie mir sicherlich auch, dass Eifersucht kein mögliches Motiv für Frau Linke war."

Mathilda atmete tief durch. Das erklärte vieles, auch die recht unbeteiligte Reaktion der Witwe auf Mathildas Fragen. Damit hatte sie sich tatsächlich umsonst zum Narren gemacht – und hätte sich vor allem diesen Gips an ihrer rechten Hand ersparen können, wenn sie nicht so voreilig gewesen wäre.

„Aber wer dann?", murmelte sie nachdenklich. „Wer würde ausgerechnet in einem unserer Gärten dem Mann auflauern?"

Kommissarin Schlangen musterte sie mit leicht zur Seite gelegtem Kopf. „Sie waren doch Wissenschaftlerin", antwortete sie. „Wenn Sie an Saatkamps Stelle wären, was würden Sie denn dann glauben? Für wen sind die Gärten von Ihnen und Frau Selig denn die idealen Orte, um jemandem aufzulauern?"

Mathilda schluckte, als sie begriff, was die Polizistin ihr sagen wollte. „Für Frau Selig und mich", sagte sie mit belegter Stimme. „Aber das ist doch völliger Unsinn, keine von uns hat ein Motiv!"

„Natürlich nicht", entgegnete Schlangen beschwichtigend. „Dennoch kann ich Ihnen beiden nur raten, sich einen Anwalt zu nehmen, um auf alles vorbereitet zu sein. Dass Sie scheinbar kein Motiv haben, heißt ja nicht, dass es wirklich keines gibt – sondern nur, dass wir es noch nicht gefunden haben."

„Macht Ihnen dieser Job eigentlich Spaß?", fragte Mathilda und schüttelte den Kopf. „Sie sprechen mit unbescholtenen Bürgern und verdächtigen sie, einen Mord begangen zu haben …"

„Deshalb möchte ich Ihnen ja helfen", gab die Kommissarin zurück. „Ich kann mich nur wiederholen – nehmen Sie sich einen Anwalt, und geben Sie diesen Rat auch an Ihre Nachbarin weiter. Kennen Sie einen Anwalt?"

„Keinen, den ich wegen dieser Geschichte fragen würde", antwortete Mathilda fest. Nur Hannes. Hannes, der nicht gewusst hatte, dass das Lied ‚Waltzing Mathilda' gar nicht von einer Tänzerin, sondern einem Wanderarbeiter handelte, und dem das sicher auch ganz egal gewesen wäre. Der in ihren Anruf bestimmt zu viel hineininterpretieren würde. Nein, ihn würde sie nicht ansprechen. Nicht, solange sie nicht festgenommen wurde und immer noch hoffen konnte, dass die Polizei irgendwann von selbst die richtige Spur finden und sie endlich mit diesen albernen Anschuldigungen in Ruhe lassen würde.

„Welche Spuren verfolgen Sie denn sonst noch?", erkundigte sie sich stattdessen.

Die Kommissarin zuckte mit den Achseln. „Momentan gibt es nicht so viele Verdächtige", antwortete sie. „Natürlich überprüfen wir auch die früheren Liebschaften des Toten und seine Finanzgeschäfte, doch bisher haben die meisten Personen, die ein Motiv haben könnten, ein Alibi."

„Also schießen Sie sich jetzt aus Bequemlichkeit auf Frau Selig und mich ein", entgegnete Mathilda scharf. Die kalte Angst in ihrem Magen wich langsam einer aufsteigenden Wut, obwohl sie ja wusste, dass die Kommissarin ihr nichts Böses wollte, sondern sie im Gegenteil vor den fälschlichen Anschuldigungen durch Hauptkommissar Saatkamp zu schützen versuchte.

„Ich will Ihnen beiden nur helfen", wiederholte Kommissarin Schlangen und stand auf. „Aber wenn Sie sich nicht helfen lassen wollen …"

Es klang wie eine Drohung, fand Mathilda. Doch sie war aus dem Alter raus, wo man vor solchen Drohungen kuschte. „Ich brauche keine Hilfe, da ich nichts mit dem Verbrechen zu tun habe", entgegnete sie und erhob sich ebenfalls von ihrem Stuhl, „und Frau Selig ebenso wenig. Wenn Ihr Chef seine Arbeit machen würde, müssten Sie nicht versuchen, seine Fehler auszubügeln."

Einen Moment lang schien die Polizistin sie wütend anzufunkeln, dann hatte sie sich wieder unter Kontrolle. „Sie werden schon noch verstehen, dass ich nur Ihr Bestes will", entgegnete sie nüchtern, ehe sie ihr Lächeln wieder anschaltete. „Wenn etwas ist, Frau Müller, Sie wissen ja, wie Sie mich jederzeit erreichen können."

„Das weiß ich – aber ich gehe davon aus, dass es keinen Grund geben wird, Sie anzurufen", antwortete Mathilda trocken. Als sie die Kommissarin zur Tür begleitete, schaffte sie es sogar noch, ihr einen schönen Tag zu wünschen, ehe sie die Tür wieder zuzog und vorsichtshalber gleich abschloss.

Erst einen Moment später, nachdem sie sich eine Tafel Schokolade aus dem Vorratsschrank geholt und mühsam linkshändig frischen Kaffee eingegossen hatte, merkte sie, wie ihre Beine zu zittern begannen, so als wäre sie zehn Treppen hintereinander hochgerannt. Mit einem Mal fühlte sie sich kraftlos und müde. Zählte Saatkamp sie und Irmtraud wirklich noch immer zu den Verdächtigen, nur weil er keine anderen Kandidaten für diese Rolle hatte? Wie konnte der Mann nur auf so eine irrsinnige Idee kommen? Hatte er denn noch nie etwas davon gehört, dass nicht nur die Gelegenheit, eine Tat zu begehen, sondern auch das Motiv wichtig war? Und selbst wenn Irmtraud einen Grund gehabt hatte, auf den Toten wütend zu sein – auf Mathilda traf das nicht zu. Sie hatte mit Linke nichts zu tun gehabt, war ihm nie zuvor begegnet und seiner Witwe auch erst nach der Tat. Aber wie sollte Mathilda das beweisen? Wie konnte man überhaupt beweisen, dass etwas *nicht* geschehen war?

Als Christian nachmittags pünktlich vor der Tür stand, hatte sie zum ersten Mal an diesem Tag das Gefühl, wieder etwas aufzuleben. Es war schön zu sehen, wie motiviert der Junge war, mit wie viel Elan er ans Ausheben des Teiches ging und wie gründlich er dabei dennoch immer wieder nachmaß, ob die Tiefe und die geplante Steigung der Ufer korrekt waren.

Pünktlich jede halbe Stunde brachte sie ihm ein Glas Cola, um ihn zu einer kurzen Pause zu zwingen, und nach zwei Stunden drängte sie ihn, zumindest ein Stück Erdbeerkuchen zu essen. „Ich bin doch hier zum Arbeiten und nicht, um mich so verwöhnen zu lassen", sagte er und setzte sich dann doch neben Mathilda auf die Bank am Haus, um den Kuchen zu essen.

„Wenn du schon so viel arbeitest, darf ich dich zumindest ein bisschen verwöhnen", widersprach Mathilda. „Apropos Arbeit – wir müssen noch über deinen Stundenlohn sprechen."

Sie einigten sich rasch, und bevor Christian weitergrub, drückte Mathilda ihm zwei Fünfziger in die Hand. „Hier, für deinen Führerschein, Urlaub oder worauf auch immer du sparst", sagte sie.

Christian murmelte einen hastigen Dank, dann sprang er auf und grub weiter.

Mathilda sah ihm nachdenklich dabei zu. Vielleicht hatte sie sich geirrt, und er sparte gar nicht, um sich etwas zu gönnen. Vielleicht war er gezwungen, Geld für ganz essentielle Dinge zu verdienen, die seine Eltern ihm nicht geben konnten. Seine Mutter, genaugenommen, verbesserte sie sich. Seinen Vater hatte er nie erwähnt. Vermutlich war die Mutter geschieden oder vielleicht auch schon verwitwet, und als alleinerziehende Frau war es ja immer schwierig, Kind und Job unter einen Hut zu bekommen. So verlegen, wie er gerade gewirkt hatte, konnte Mathilda sich gut vorstellen, dass er etwas hinzuverdienen musste, damit die kleine Familie über die Runden kam.

Aber das waren nur Spekulationen. Und gerade nach den haltlosen Verdächtigungen durch Hauptkommissar Saatkamp sollte Mathilda sich eigentlich hüten, selbst im Nebel zu stochern. Auf alle Fälle, nahm sie sich vor, während der Teich langsam Gestalt annahm, würde sie dem Jungen am Ende noch etwas Geld extra geben. Und vielleicht konnte sie ihn ja später, auch wenn der Gips abgenommen war und sie seine Hilfe eigentlich nicht mehr benötigte, zumindest den Rasen mähen oder die Sträucher schneiden lassen, um ihm ab und an ein bisschen Geld zukommen zu lassen.

Gegen Abend, als Christian sich erschöpft, aber zufrieden verabschiedete und der flache Teich bis auf kleine Nacharbeiten seine gewünschte Form angenommen hatte, ging Mathilda noch einmal durch den Garten, betrachtete die Teichbaustelle,

goss die umgepflanzten Blumen und ging schließlich bis zu ihrer Hochsommerecke.

Die vor ein paar Tagen gepflanzten Schachbrettblumen verblühten langsam, aber das war
um diese Jahreszeit normal – eigentlich war ihre
Zeit längst vorüber. Auf alle Fälle war Mathilda
guter Dinge, dass die Blumen im nächsten Jahr
wiederkommen würden.

Hoffentlich bekam sie auch die Bank bald zurück – damit war für sie ein Stück Normalität verbunden. Wenn die Bank mit dem hölzernen Dach
wieder hier stünde, dann könnte sie den Fall endlich vergessen. Zumindest hoffte Mathilda das.
Denn davon, nicht an das Verbrechen und die
Ermittlungen der Polizei zu denken, war sie an
diesem Abend noch weiter entfernt als an den letzten Tagen.

Kapitel Acht

Wie gerädert fühlte sich Mathilda am nächsten
Morgen, als sie kurz nach fünf wach wurde und
einfach nicht mehr einschlafen konnte. Immer
wieder geisterten einzelne Fragen des Hauptkom-
missars durch ihren Kopf. Und nicht zuletzt die
eine, alles entscheidende Frage, auf die vielleicht
nicht einmal er die Antwort kannte: Wie hatte es
so weit kommen können, dass die Polizei ausgerechnet sie und Irmtraud im Visier hatte?

Gegen sechs stand sie schließlich auf, schlurfte
in die Küche und setzte Kaffee auf, ehe sie ins Bad
ging. Nach der ersten Tasse Kaffee ging sie zum
Briefkasten und holte die Aachener Nachrichten
aus der Zeitungsrolle. Merkwürdigerweise war ihr
heute nach süßer Marmelade, während sie sonst
morgens meist Käse aß. Vermutlich wegen des
Schlafmangels, dachte sie, als sie sich kurzentschlossen anzog und wie am Vortag zum Bäcker
ging, um ein süßes Brötchen und ein Croissant zu
holen.

Erst als sie beide Brötchenhälften, die sie mühsam mit den Fingerspitzen der rechten Hand fest-
hielt, dick mit Erdbeermarmelade bestrichen hatte, begann sie die Zeitung zu lesen. Alles war wie

immer – Politiker stritten über Finanzen, in Mali ging der Krieg weiter, ein tödlicher Unfall in Berlin. Und in Aachen gab es eine neue Spur in einem Mordfall.

Mathilda schob den Frühstücksteller zur Seite, um die Zeitung näher zu sich heranziehen zu können. Auf der ersten Seite des Lokalteils berichtete ein ziemlich großer Artikel, dass die Polizei im Fall des getöteten Anlageberaters Peter L. eine neue Fährte verfolge: Es habe inzwischen Hinweise darauf gegeben, dass der Tote seine Klienten nicht immer hundertprozentig fair und umfassend beraten habe. Dies habe bei einigen Geschädigten zu erheblichen finanziellen Verlusten geführt.

Im Gegensatz zu Irmtrauds Schilderung, die den Toten nur für völlig unfähig gehalten hatte, war hier jedoch die Rede von einem „Fehlverhalten" des Mannes. Das klang, fand Mathilda, eher nach Absicht als nach Dummheit. Hatte er sich auf Kosten seiner Klienten bereichert? Hatte er vielleicht irgendwie Geld beiseite geschafft, auf das jemand Zugriff hatte, von dessen Existenz sie noch gar nichts ahnte?

Nachdenklich angelte Mathilda nach der angebissenen Brötchenhälfte. Also doch ein finanzielles Motiv, zumindest klang es in dem Artikel so, als gehe die Polizei nun davon aus. Aber Irmtraud konnte es nicht gewesen sein. Einfach, weil sie eben Irmtraud war. Man konnte nicht jahrelang neben einem Menschen wohnen, ohne ihn kennenzulernen – und Mathilda kannte Irmtraud nun wirklich lange und gut genug, um mit Sicherheit auszuschließen, dass ihre Nachbarin etwas mit dem Verbrechen zu tun hatte.

Sie steckte sich den letzten Happen der Brötchenhälfte in den Mund und las weiter. Mehrere Betrogene hätten sich in den letzten Jahren bei der Polizei gemeldet, berichtete der Artikel. Und es hätte wohl auch einige Verfahren gegeben, die jedoch eingestellt worden seien. Auch das, in dessen Folge … Sie schluckte. In dessen Folge ein Betroffener sich das Leben genommen hätte, stand dort.

Mathilda ließ sich in ihrem Stuhl zurücksinken. Ein Selbstmord, für den Peter Linke indirekt verantwortlich zu sein schien – das klang wirklich nach einem Motiv. Jedenfalls deutlich eher als Irmtrauds finanzieller Verlust, zumal die Nachbarin gar nicht auf das Geld angewiesen war.

Nachdenklich las Mathilda weiter, doch der Artikel enthüllte nicht mehr – kein Wort über den damaligen Suizid und erst recht nichts Weiteres über die aktuelle Ermittlungsarbeit der Polizei.

Rasch überflog sie die restlichen Artikel im Lokalteil. Ein Wohnungsbrand, ein aufgebrochener Wagen in der Welkenrather Straße, die neuesten Pläne zur Kaiserplatzgalerie … nichts, was mit dem Mordfall zu tun haben konnte.

Ohne darüber nachzudenken, strich sie eine dicke Schicht Butter auf die Spitze des Croissants und faltete die Zeitung wieder zusammen. Beim letzten Mal war es ebenfalls so gewesen, dass die

Aachener Nachrichten sich mit Spekulationen zurückgehalten hatten und Mathilda nur von einer der Yellow-Press-Seiten im Internet mehr erfahren hatte. Allerdings, musste sie sich mit einem Blick auf den Gipsverband an ihrer rechten Hand eingestehen, hatten ihr die zusätzlichen Informationen wenig Glück gebracht. Eigentlich hatte sie sich völlig umsonst vor der Apothekerin blamiert. Und der Unfall war noch viel unnötiger gewesen. Es gab ja auch überhaupt keinen Grund, weshalb sie sich mit diesem Fall beschäftigen sollte. Genügte es denn nicht, dass sie von diesem sturen Hauptkommissar viel tiefer hineingezogen wurde als erforderlich? Was hatte sie denn davon, wenn sie nun wieder im Internet suchte und womöglich eine neue Spur fand? So gehandicapt, wie sie momentan mit dem gebrochenen Handgelenk war, konnte sie sowieso nicht unauffällig einer neuen Fährte nachgehen. Außerdem war das auch gar nicht ihr Job.

Andererseits – abgesehen von der nagenden Neugier, die sie so unruhig machte, dass ihr der Appetit auf das Croissant verging, gab es natürlich sehr wohl einen Grund, sich in diesen Fall einzumischen. Früher, als sie noch geforscht hatte, hatte sie sich immer gesagt: „Wenn du willst, dass es richtig gemacht wird, mach es selbst." War das jetzt nicht genauso? Konnte sie denn wirklich darauf vertrauen, dass Hauptkommissar Saatkamp noch die richtige Spur finden würde, nachdem er sich ja offensichtlich schon auf Mathilda und Irmtraud eingeschossen hatte?

Nachdenklich biss Mathilda die Spitze des noch warmen Croissants ab, ehe die Butter endgültig herunterrutschte. Wenn der Täter tatsächlich aus der Nachbarschaft stammte, wie Saatkamp vermutete, und die Tat wirklich etwas mit dem Selbstmord zu tun hatte – dann sollte es doch möglich sein, etwas darüber herauszufinden. Kurzentschlossen holte sie den Laptop, schaltete ihn ein und suchte im Internet nach „Selbstmord Aachen". Zu ihrem Entsetzen ergab das fast hundertfünfzigtausend Treffer. Natürlich hatte sie auch schon ab und an gehört, dass sich wieder jemand vor einen Zug geworfen hatte – aber diese öffentlichen Suizide waren sicherlich nur die Spitze des Eisbergs. Kurzerhand gab sie zusätzlich „Pleite" ein, doch damit erhielt sie überhaupt keine brauchbaren Treffer mehr.

Während Mathilda mit den Suchbegriffen spielte, aß sie langsam und ohne wirklich darauf zu achten ihr Croissant und holte sich schließlich einen neuen Kaffee. Merkwürdigerweise brachte weder die räumliche Eingrenzung auf Laurensberg noch die Eingabe von „finanzielle Schwierigkeiten", „finanzieller Verlust" oder ähnlichen Suchworten das gewünschte Ergebnis. Erst als Mathilda die Suche zeitlich auf das letzte Jahr begrenzte, entdeckte sie einen interessanten Text. Unter dem Titel „Selbstmord nach finanziellem Ruin" berichtete eine offensichtlich von einer politischen Gruppierung stammende Seite von einem Suizid in Aachen-Laurensberg vor rund einem Jahr. Ein Mann, Mitte vierzig, hatte dem Artikel zufolge sein Erspartes so ungünstig angelegt, dass es sich nahezu halbiert hatte. In dem Versuch, den Schaden wettzumachen, hatte er neues Geld aufgenommen und mit diesem im Aachener Spielkasino so lange gespielt, bis er es komplett verloren hatte. Nach einiger Zeit, als das Ersparte vollständig verschwunden war, konnte er die Raten für die beiden Kredite, den für sein Haus und für das neu geliehene Geld, nicht mehr zahlen. Damit war nicht nur das ursprüngliche Vermögen weg, von dem eigentlich das bald fällige neue Dach hätte bezahlt werden sollen, sondern gleich das ganze Haus, das schließlich zwangsversteigert wurde. Nachdem er auch noch von seiner Frau verlassen worden war, die den dreijährigen Sohn mitgenommen hatte, erhängte er sich am Tag vor dem Auszug aus seinem früheren Haus in dessen Küche.

Mathilda schüttelte den Kopf. Welch eine furchtbare Geschichte – nicht nur für die neuen Besitzer des Hauses, die sicherlich nie den Anblick des Toten in ihrer Küche vergessen könnten, sondern erst recht für die Familie des Mannes. Natürlich hatte er selbst die falsche Entscheidung getroffen, indem er nach dem Verlust eines Teils des Ersparten nicht die Reißleine gezogen, sondern sogar noch neues Geld aufgenommen hatte. Natürlich war es idiotisch zu glauben, man könne im

Kasino gezielt sein Geld vermehren und den schon entstandenen Verlust wettmachen. Dennoch tat der Mann ihr leid. Wie verzweifelt musste er gewesen sein, um seine Hoffnung auf ein Glücksspiel zu setzen? Vermutlich hatte er nicht den Mut gehabt, seiner Frau den ersten Verlust zu beichten, an dem er doch offensichtlich nicht schuld war. Zwar war in dem Text nicht von einem Anlageberater die Rede, doch wenn dies hier der Selbstmord war, auf den sich die Aachener Nachrichten in ihrem Artikel bezog, dann wäre der Mann sicherlich besser beraten gewesen, nach dem ersten Verlust zur Polizei zu gehen und den Berater anzuzeigen.

Wie auch immer – vielleicht hingen die beiden Fälle tatsächlich zusammen. Auch wenn Mathilda sich nicht vorstellen konnte, dass die Ehefrau des Mannes, der sich das Leben genommen hatte, zur Mörderin wurde, ohne dabei an das Wohl ihres Kindes zu denken – vielleicht gab es andere Menschen im Umkreis des Selbstmörders, die seinen Tod rächen wollten. Zumindest war dies eine Spur, der die Polizei nachgehen konnte.

Nachdenklich lehnte sie sich zurück und nahm einen Schluck Kaffee. Ob Saatkamp sich wirklich auch um diese neue Fährte kümmerte? Oder dachte er sich nur wieder neue Möglichkeiten aus, Mathilda und Irmtraud zu schikanieren? Vielleicht sollte sie sich ja doch zumindest ein bisschen umhören …

Energisch klappte sie mit der Linken den Laptop zu und stand auf. Nein, heute war schönes Wetter, da stand Gartenarbeit an. Sie war im Vorgarten noch längst nicht fertig mit dem Schneiden der Büsche. Außerdem musste sie noch ihre Nachbarinnen oder vielleicht auch den Nachbarn von schräg gegenüber fragen, wer sie zum Baumarkt fahren konnte, um die Teichfolie zu kaufen. Sie benötigte nicht viel Material, etwa vier mal fünf Meter, hatten sie am Vortag ausgerechnet. Dann brauchten sie die Folie für den L-förmigen Teich nicht zu schweißen, und die abgeschnittenen Reste konnte man später noch für einen Bachlauf nutzen. Das sollte man auch mit zwei Frauen tragen können, die insgesamt nur drei Hände benutzen konnten – hoffte sie wenigstens.

Außerdem musste sie an das Messer denken, um das Christian sie gebeten hatte. Die Klingen, die Mathilda ihm gezeigt hatte, kamen ihm nicht scharf genug vor. Und wenn der Junge sich schon solche Mühe gab, sollte er wenigstens ordentliches Werkzeug bekommen.

Zuerst aber holte sie wieder ihr Höckerchen, Schere und Eimer und begann, die Büsche im Vorgarten weiter zu schneiden. Eigentlich war das gar nicht nötig, und erst recht nicht jetzt mitten im Frühsommer, aber im Vorgarten zu arbeiten war nun einmal die einfachste Möglichkeit, mit den Nachbarn ins Gespräch zu kommen. Dabei würde sich schon jemand finden, der mit ihr ins Gartencenter fahren wollte.

Tatsächlich dauerte es keine Viertelstunde, bis Else ihr über den Zaun hinweg zuwinkte. „Huhu, watt meeste denn da schon wieder?", rief die Nachbarin und schüttelte den Kopf. „Musste dich nich erst mal watt ausruhen, wennste schon so verletzt bist?"

Mathilda erhob sich schmunzelnd von ihrem Hocker. „Morgen, Else, lange nicht gesehen", antwortete sie und schob den Schemel mit dem Fuß zum nächsten Busch. „Keine Sorge, mein Handgelenk tut kaum noch weh. Damit kann ich schon wieder fast alles selber machen."

„Abba nur fast", warf Else ein. „Du weißt ja, wennste mal Hilfe brauchst, ich habe sowieso nichts Wichtiges vor."

„Wenn du zufällig Blumen kaufen willst, würde ich tatsächlich gerne mitfahren", antwortete Mathilda.

„Ja, das ist 'ne gute Idee", stimmte Else ihr zu. „Blumen kaufen, das machen wir."

„Und eine Teichfolie", warf Mathilda ein.

„Passt auch in meinen Kombi", entgegnete Else. „Die kann uns im Baumarkt sicher jemand in den Wagen werfen. Und hier ... Hey, Rudi!", rief sie über die Straße. Mathilda hatte den Nachbarn von der anderen Straßenseite gar nicht bemerkt, der ihnen nun zuwinkte. „Biste in 'ner Stunde noch hier und kannst mal mit anpacken? Die Mathilda lässt sich doch einen Teich bauen, von dem Jansen-Jungen, der auch immer die Zeitung rumbringt. Weisse? Du bist doch kräftich, das bisschen Teichfolie trägst du ihr locker in den Garten, wa?"

Mathilda spürte, wie sie rot wurde. So viel Hilfe hätte sie gar nicht erwartet, und vor allem hätte sie ihren Nachbarn von schräg gegenüber, von dem sie bis eben nicht einmal den Vornamen gekannt hatte, nicht darum gebeten. Aber wenn sie ehrlich war – vielleicht waren auch zwanzig Quadratmeter Teichfolie für drei nicht mehr allzu junge und kräftige Frauenhände schon zu viel.

„Klar, kein Problem", antwortete er und nickte bekräftigend mit dem Kopf. „Das mache ich doch gerne. Soll ich euch fahren? Oder meldet ihr euch, wenn ihr mit der Folie zurückkommt?"

„Joh, dein Transporter is bestimmt noch besser als mein Kombi", beschloss Else kurzerhand, ohne Mathildas unauffälliges Kopfschütteln zu registrieren. „Aber sach mal deiner Frau Bescheid, wo du hin bist, sonst denkt die sich noch sonstwas!"

Mathilda konnte gerade noch ihre Umhängetasche mit dem Portemonnaie holen und die Haustür abschließen, dann saß sie schon in Rudis Transporter, eingequetscht auf dem breiten Beifahrersitz zwischen Else und der Tür. „Ich wollte euch jetzt aber wirklich nicht die Zeit stehlen", murmelte sie.

„Ach, papperlapapp", entgegnete Else und winkte ab. „Ich gehe immer gerne in den Baumarkt. Und der Rudi ist doch froh, wenn er sich vor dem Rasenmähen drücken kann. Nich wahr, Rudi?" Sie knuffte ihn freundlich.

„Ja, irgendwie schon", bestätigte er. Zumindest schien er immer noch guter Dinge zu sein, befand Mathilda. „Ist ja auch wichtig, dass man sich unter Nachbarn hilft", fuhr er schließlich fort. „Vor allem, wenn ich sehe, was hier in letzter Zeit so alles passiert ... da werden Leute umgebracht oder von Fahrrad-Rowdies umgefahren ..."

Mathilda verkniff sich einen Kommentar, dass es zwischen diesen beiden Dingen ja wohl einen himmelweiten Unterschied gab. „Und manche nehmen sich selbst das Leben", fuhr sie stattdessen spontan fort.

„Ja, aber das is ja nun schon eine Weile her", winkte Else ab. „Nich wahr, Rudi? Das war doch schon letzten Sommer, und außerdem ein ganzes Stück die Straße rauf, fast schon in Vetschau. Das gehört ja gar nicht mehr richtig zu unserer Gegend. Du meinst doch den Mann, der sich in seinem Haus erhängt hat, als die neuen Besitzer schon vor der Tür standen, oder?"

Mathilda nickte. „Ja, ich habe heute zufällig irgendwo etwas darüber gelesen", sagte sie. „Davon habe ich letztes Jahr gar nichts mitbekommen – wisst ihr mehr darüber?"

„Nur das, was in der Zeitung stand", antwortete Rudi. Er blickte konzentriert nach vorne, während er den großen Wagen durch die schmalen Straßen in der Soers steuerte. „Der Mann hatte sich wohl verspekuliert, und als seine Frau ihn dann verlassen und er auch noch das Haus verloren hat, muss er so verzweifelt gewesen sein, dass er sich das Leben genommen hat. Ich weiß gar nicht genau, was danach mit dem Haus geschehen ist – ich habe gehört, die neuen Besitzer haben es gleich wieder verkauft. Kein Wunder, wer würde schon in einem Haus wohnen wollen, in dem es angeblich spukt?"

„Spukt? Ach, das ist doch alles Blödsinn", entgegnete Else scharf. „Diese albernen Gerüchte hat bestimmt seine Witwe verbreitet, oder der Bruder, der ja auch irgendwie mit in diesen dubiosen Geschäften dringehangen haben soll. Hat der nicht auch das Haus wieder gekauft? Oder sie? Da war doch so etwas ..." Sie runzelte die Stirn und starrte nachdenklich auf die Straße. „Ich weiß nur noch, Nachtigall, ick hör dir trapsen, hab ich mir gesagt damals, weil mir da was gar nicht koscher vorkam. Erst die Geschichte mit dem Geist, und dann wird das Haus billig verkauft – da stimmt doch was nicht. Wah?"

„Wah", stimmte Mathilda ihr zu. Sie nickte langsam. Das war allerdings wirklich eine merkwürdige Geschichte. Zumal hier plötzlich ein Bruder aufgetaucht war, der im Gegensatz zur Witwe des Selbstmörders vielleicht keine Rücksicht darauf nehmen musste, dass er für ein kleines Kind zu sorgen hatte. „Wie hieß denn die Familie?", erkundigte sie sich. „Vielleicht kenne ich die ja sogar ..."

„Schlosser", antwortete Else, wie aus der Pistole geschossen. „Aber die kennst du bestimmt nicht, wie gesagt, die wohnen schon halb in Vetschau."

„Genaugenommen aber immer noch in Laurensberg“, entgegnete Rudi. „Oder in Richterich? Das weiß man hier ja nie so genau ...“

Während die beiden sich den Rest der Fahrt mit der Diskussion beschäftigten, wo genau die Grenzen zwischen den drei Stadtteilen verliefen, hing Mathilda ihren Gedanken nach. Eigentlich hatte sie sich ja nicht mehr einmischen wollen ... aber war das nicht ein Zeichen, dass ihr diese Fährte quasi direkt vor die Füße gelegt worden war? Und war sie nicht fast schon gezwungen, der neuen Spur nachzugehen? Es passte einfach alles zu gut. Da war jemand, dessen Leben wirklich durch den ermordeten Peter Linke massiv beeinflusst worden war, der den Anlageberater vermutlich für den Tod seines Bruders verantwortlich machte. Und der jetzt vielleicht gar nicht weit entfernt von hier wohnte – und damit sogar in Saatkamps Täterprofil passte. Nur hatte sich der Hauptkommissar ja leider auf das allernächste Umfeld der Tat und damit auf Mathilda und Irmtraud beschränkt. Wenn der Mann seine Augen aufmachen würde, müsste er doch sehen, dass auch dieser Herr Schlosser ein Motiv und die Möglichkeit hatte, die Tat zu begehen. Vielleicht war Linke auf dem Weg zu seinem Rendezvous an Schlossers Garten vorbeigekommen, Schlosser hatte ihn erkannt, war ihm gefolgt und hatte die Gelegenheit genutzt, den Mann zu erschlagen, den er für schuldig am Tod seines Bruders hielt. So einfach war das. Zumindest, wenn man nicht Saatkamp hieß.

„So, dieser Parkplatz ist doch perfekt für uns“, unterbrach Rudi ihre Gedanken und stellte sich quer über drei markierte Parkbuchten gleich gegenüber dem Eingang des Baumarktes.

„Meinst du nicht ...“, wandte Mathilda zaghaft ein, doch der Nachbar winkte sofort ab.

„Selbst der ADAC empfiehlt Fahrern großer Wagen, sich nicht in die heutzutage bekanntlich viel zu engen Parkplätze zu zwängen, sondern sich den Platz zu nehmen, den man benötigt“, behauptete er. „Und dies hier ist doch wohl ein großer Wagen, oder?“

Mathilda verzichtete auf die Antwort, dass selbst für Rudis Transporter wohl auch zwei Parkbuchten genügt hätten, und stieg stattdessen aus. Mit leichtem Stirnrunzeln blickte sie an sich herunter. Gartenschuhe, Gartenhose, Gartenpulli, dazu der Gips, der inzwischen auch schon grüne und braune Flecken von der Gartenarbeit bekommen hatte – sie sah wirklich aus, als hätte sie seit Tagen im Schlamm gehaust und sich zwischendurch nicht einmal umgezogen. Normalerweise wäre sie nie im Leben auf die Idee gekommen, in diesem Aufzug einen Baumarkt zu betreten. Aber was war in dieser Zeit schon normal?

Entschlossen folgte sie Rudi, der wie selbstverständlich mit der Einkaufskarre vorausschritt, und Else, die beim ersten Schritt in die Gartenabteilung mit einem leisen Seufzer stehenblieb. „Nee, Kinners, wat haben die wieder schöne Blümchen hier ...“, murmelte ihre Nachbarin, stürzte auf den ersten Tisch mit Steingartenpflanzen zu und war erst mal nicht mehr ansprechbar.

Notgedrungen folgte Mathilda Rudi weiter in die Abteilung hinein. Teichmaterialien entdeckten sie rasch, für die Entscheidung über die notwendige Stärke der Folie holte Rudi einen Verkäufer, der schließlich die Folie zuschnitt und auf die Karre wuchtete, ehe er Mathilda noch ein scharfes Messer, Polsterfolie als Schutzschicht zwischen Erde und Teichfolie sowie vorsichtshalber auch Folienkleber verkaufte. Um alles andere, beschloss Mathilda, konnte sie sich später noch kümmern. Das Wasser in dem Teich sollte sowieso erst einmal eine Weile ruhen, ehe sie die ersten Pflanzen einsetzen würde. Und die Idee mit der Pumpe konnten sie später immer noch angehen. Vielleicht in den Sommerferien, wenn Christian vermutlich mehr Zeit hätte.

Auf dem Rückweg sammelten sie Else wieder ein, die „nur ein paar ganz kleine Blümchen" gekauft hatte, was einem gut gefüllten Einkaufswagen entsprach. Zum Glück gehörte Rudi nicht zu den Männern, die sich über solche Kaufrauschanfälle aufregten. Er wuchtete bemüht lässig die Folie in seinen Wagen, räumte ein paar Decken aus einer fest verzurrten Kiste auf der Ladefläche und sortierte Elses Pflanzen vorsichtig darin ein, damit ihnen unterwegs nichts passierte.

Zurück auf der Horbacher Straße, fuhr er in Mathildas Einfahrt, ließ sich ihren Schlüssel zur Gartentür geben und holte ihre Schubkarre, mit deren Hilfe er die Plane leicht bis in den Garten zu dem zukünftigen Teich fahren konnte. „Und wenn der Jansen-Junge nachher hier weiterarbeiten will, gib mir Bescheid", sagte er zum Abschied. „Das kann der nicht alleine schaffen, da braucht's einen erwachsenen Mann, oder noch besser zwei. Der Willi ist bestimmt auch da und hilft uns kurz, die Plane an die richtige Stelle zu ziehen. Sagt einfach Bescheid!", wiederholte er noch einmal so bestimmt, dass Mathilda ahnte, wie ungehalten er sein würde, wenn Christian es dennoch alleine versuchen würde. Nun gut, dann würde sie sich eben noch einmal helfen lassen. Irgendwann konnte sie sich bestimmt auch mal revanchieren.

Als auch Else sich verabschiedet hatte, um ihre neuen Blumen einzupflanzen, setzte Mathilda sich erst einmal wieder in die Küche und nahm sich eine Tasse Kaffee. Sie fühlte sich merkwürdig erschöpft, obwohl sie eigentlich nichts anderes getan hatte, als mitzufahren und die Folie und die anderen Dinge im Baumarkt zu bezahlen. Vielleicht war sie einfach zu lange nicht mehr unter Leuten gewesen, so dass selbst die Gespräche auf der Fahrt sie schon angestrengt hatten. Davon abgesehen, überlegte sie, stand nun natürlich wieder die Frage im Raum, wie sie mit dem neugewonnenen Wissen über den Selbstmord im vergangenen Jahr umgehen sollte. Schließlich konnte sie schlecht bei Herrn Schlosser vorbeischlendern, abwarten, bis sie ihn zufällig im Vorgarten sah, und dann ganz unauffällig fragen, wie er den Sui-

zid seines Bruders eigentlich verkraftet habe und
wo er am vergangenen Wochenende in der Nacht
von Samstag auf Sonntag gewesen sei. So etwas
konnte nur die Polizei, keine Rentnerin, die zufällig ein Mordopfer gefunden hatte.

Andererseits konnte sie diese neuen Informationen doch auch nicht einfach ignorieren. Wer
wusste denn schon, ob die Polizei auf dem gleichen Wissensstand war? Vielleicht hatte Saatkamp überhaupt noch nicht in diese Richtung
ermittelt ...

Sie konnte ihn natürlich anrufen, überlegte sie
und spürte, wie sich ihr Magen im gleichen Moment verkrampfte. Nein, mit dem Hauptkommissar wollte sie wahrhaftig nicht sprechen. Der würde ihren Anruf nur wieder zum Anlass nehmen,
ihr noch mehr idiotische Fragen zu stellen, und
am Ende wäre sie vermutlich noch verdächtiger,
als es sowieso schon der Fall war.

Aber was war denn mit Kommissarin Schlangen? Immerhin hatte die sie indirekt vor Saatkamp
gewarnt. Und sie war sicherlich auch aufgeschlos-
sener gegenüber neuen Spuren – immerhin war
sie noch jung. Und zudem eine Frau.

Mathilda warf einen Blick auf die Uhr. Gerade
kurz vor elf, noch keine Essenszeit. Eigentlich
sprach nichts dagegen, dass sie die Kommissarin
anrief. Außer dem leichten Grummeln im Magen,
das sie noch immer spürte ... aber das lag sicherlich daran, dass sie vorher an Saatkamp gedacht
hatte.

Kurzentschlossen holte sie Frau Schlangens Visitenkarte und das Telefon, nahm auf dem Rückweg noch eine Tafel Nougatschokolade aus dem Küchenschrank und gönnte sich einen Riegel, ehe sie sich zusammenriss und die Nummer der Kommissarin wählte. In ihrem Alter sollte sie nun wirklich in der Lage sein, ein solches Telefonat zu führen, ohne dabei nervös zu werden.

„Schlangen, KK 11", meldete sich die Kommissarin.

„Mathilda Müller hier", sie räusperte sich, als sie hörte, wie kratzig ihre Stimme klang. „Frau Schlangen, haben Sie einen Moment Zeit? Ich würde Ihnen gerne etwas Neues berichten."

„Aber natürlich, Frau Müller, wenn Sie etwas zur Aufklärung unseres Falles beitragen können", antwortete Frau Schlangen interessiert.

„Haben Sie bereits den Selbstmord von Herrn Schlosser überprüft?", begann Mathilda.

„Herrn Schlosser?", fragte Schlangen nach. Sie klang leicht irritiert.

Mathilda nickte grimmig. Hatte sie es doch geahnt, dass Saatkamp sich so an ihr und Irmtraud festgebissen hatte, dass er alles andere übersah. „Herr Schlosser lebte mit Frau und Kind hier auf der Horbacher Straße, bis er – unter anderem durch die Schuld des Mordopfers – alles verloren hat." Sie berichtete kurz, was sie von ihren Nachbarn und aus dem Internet wusste. „Und jetzt kommt das Beste – sein Bruder soll das Haus von den neuen Besitzern zurückgekauft haben und jetzt hier auf der Straße wohnen, gar nicht weit von uns entfernt, irgendwo am Ortsende von Laurensberg, vielleicht auch schon in Richterich oder gar Vetschau."

„Ja ja, das finden wir schon raus", bemerkte Kommissarin Schlangen. Sie wirkte mit einem Mal ungeduldig. „Frau Müller, haben Sie noch weitere Informationen für uns?"

„Nein", entgegnete Mathilda verwundert. „Ich will ja auch nicht Ihren Job machen, sondern Ihnen nur mitteilen, was ich zufällig herausgefunden habe ..." Warum rechtfertigte sie sich jetzt schon wieder? Verärgert über sich selbst schüttelte sie den Kopf.

„Gut, dann besten Dank, und wir hören voneinander." Schlangen legte auf, ehe Mathilda sich verabschieden konnte.

Vielleicht war Saatkamp gerade in ihr Büro gekommen, und die Kommissarin wollte vermeiden, dass ihr Chef etwas von der neuen Spur mitbekam und ihr womöglich untersagte, in dieser Richtung zu ermitteln? Dem Hauptkommissar traute Mathilda alles zu. Zumal er ja quasi zugegeben hatte, dass er sie mit der Fahrt nach Köln in die Rechtsmedizin hatte testen wollen.

Egal. Hauptsache, sie hatte sich getraut, der Kommissarin den Tipp zu geben, dass der damalige Selbstmord mit dem jetzigen Fall zu tun haben könnte. Zugegeben, weshalb der Bruder gerade jetzt den Anlageberater erschlagen sollte, darauf hatte Mathilda keine Antwort. Aber dafür war schließlich auch die Polizei zuständig. Sie hatte inzwischen nun wirklich genug zur Aufklärung des Falles beigetragen.

Mathilda gönnte sich noch einen weiteren Riegel Schokolade, ehe sie die Tafel wieder wegpackte. In letzter Zeit hatte sie mehr als genug Süßes gegessen. Irgendwann musste es auch mal gut sein mit der Nervennahrung.

Sie trank den lauwarmen Kaffee aus und zog sich dann wieder die Gartenschuhe an, die sie eben auf der Fußmatte abgestreift hatte. Christian wollte heute schon gegen zwei Uhr vorbeikommen, offensichtlich hatte er heute eine Stunde weniger Unterricht. Zumindest hoffte Mathilda, dass er nicht die letzte Stunde schwänzte, nur um länger bei ihr arbeiten zu können – aber er war eigentlich alt genug, um zu wissen, wie wichtig die Schule war. Zumal er davon gesprochen hatte, bis zum Abitur weitermachen zu wollen. Das würde er sicherlich nicht für ein paar Euro mehr aufs Spiel setzen.

Mathilda ging zu ihrem zukünftigen Teich und hob versuchsweise eine Ecke der Folie mit der linken Hand an – das Material war noch viel schwerer, als sie es sich vorgestellt hatte. Das konnte der Junge tatsächlich nicht alleine an die richtige Stelle ziehen. Und sie war momentan keine allzu große Hilfe. Nein, Rudi hatte schon recht gehabt, sie würde ihm und Willi, der noch zwei Häuser weiter die Straße rauf wohnte, Bescheid sagen, wenn es so weit war.

Sie versuchte eine Weile, zumindest die dicke Polsterfolie schon in die richtige Position zu ziehen, doch einhändig gelang ihr auch das nicht – und wenn sie ehrlich war, fiel ihr das Arbeiten in der Kuhle für den Teich auch unerwartet schwer. Dort fühlte sie sich fast ebenso unsicher wie auf einem Hügel.

Schließlich richtete sie sich wieder auf, beschwerte die leichte weiße Folie mit einigen Steinen und kletterte aus dem Teich heraus. Nur gut, dass sie nicht so wahnsinnig gewesen war, dieses Projekt alleine anzugehen!

Stattdessen schlenderte sie eine Weile durch den Garten und versuchte, sich einfach darauf zu konzentrieren, wie schön ihre Blumen in den verschiedenen Beeten wuchsen. Die meisten Rhododendren waren schon wieder verblüht, aber die rotblühenden Büsche strahlten noch fast ohne welke, braune Flecken. Am Schuppen und an einem Rosenbogen rankten Clematis hoch, eine lilafarbene Sorte mit einem ganz feinen gelben Streifen auf den Blättern und die gelbglänzende Goldwaldrebe. Weiße Pfingstrosen stritten sich mit einer Bauernhortensie um den Platz, an dem Mathilda im Frühjahr eine kränkelnde Krüppelkiefer ausgemacht hatte.

Das Gewürzbeet wurde von Lavendel und Salbei beherrscht, die offenbar zu den Lieblingspflanzen der Bienen in ihrem Garten gehörten. Daneben blühten rote und weiße Lichtnelken, die Mathilda mal von einer Wanderung mitgebracht hatte, und die Kuckuckslichtnelke, deren zerfaserte Blüten ihr besonders gefielen.

In dem Beet mit den ein- und zweijährigen Blumen, die sie regelmäßig neu säte, leuchteten ihr die purpurroten Sommer-Adonisröschen entgegen. Kornrade und Borretsch hatten sich wie immer selbst ausgesät, Ringel- und Kornblumen waren längst auch auf andere Beete übergesprungen. Solange die Wege dazwischen freiblieben, war es Mathilda egal. Wenn die kräftigeren Pflanzen keine der empfindlicheren verdrängten, wie die Schachbrettblumen oder den Blutroten Storchschnabel im Nachbarbeet, legte sie keinen allzu großen Wert auf Ordnung in ihrem Garten. Ab und an musste sie natürlich den Gilbweiderich an einigen Stellen ausreißen, wenn er die kleinen Pflanzen in seiner Nachbarschaft zu überwuchern und ersticken drohte, aber ansonsten verhielten sich ihre Blumen eigentlich recht friedlich.

Und im nächsten Jahr, überlegte sie, als sie wieder zu dem Teichaushub zurückkam, würden hier vielleicht schon Teichrosen, Seerosen und Schwanenblumen blühen. An der Südseite des Ufers wollte sie Sumpfschwertlilien pflanzen, daneben vielleicht Fieberklee und das Sumpfblutauge …

Aber das war noch Zukunftsmusik. Erst einmal stand ihnen ein anstrengender Nachmittag bevor. Nun, genaugenommen, korrigierte sie sich und konnte sich ein Schmunzeln nicht verkneifen, stand der anstrengende Part Christian und den beiden Nachbarn bevor. Ihr Job beschränkte sich eigentlich darauf, den dreien anschließend ein Stück Kuchen oder ein Eis anzubieten.

Nachdem Mathilda eben noch das Gefühl gehabt hatte, dass bis zum Eintreffen Christians noch mehr als genug Zeit wäre, erschrak sie nun, als sie feststellte, dass es bereits kurz nach eins war. Unglaublich, wie lange sie sich im Garten aufhalten konnte ...

Rasch steckte sie ihr Portemonnaie ein, tauschte Pulli und Hose gegen weniger erd- und grasverschmierte Kleidungsstücke und ging zur Roermonder Straße hinunter, um ein paar Hefeteilchen, Muffins und sonstige Leckereien für ihre fleißigen Helfer zu holen. Als sie frischen Kaffee aufgesetzt, eine Flasche Cola aus dem Kühlschrank auf den Tisch gestellt und sich wieder gartentauglich angezogen hatte, stand auch schon Christian vor der Tür.

Der Junge winkte dankend ab, als Mathilda ihm Hilfe bei der leichten Schutzfolie anbot. Aber bei der eigentlichen Teichfolie, stimmte er ihr sofort zu, konnten zwei bis vier weitere Hände nicht schaden, auch wenn der Teich relativ klein war. „Mit mehreren Leuten bekommen wir die Folie sicherlich glatter gezogen“, sagte er. „Wobei wir sowieso noch nacharbeiten müssen, wenn das Wasser langsam einläuft.“

Bis Mathilda die beiden Nachbarn geholt hatte, war Christian tatsächlich schon fertig mit der Polsterfolie. Dafür dauerte es umso länger, die schwere Teichfolie erst einmal auf der Wiese glatt auszulegen, in den Teich zu wuchten und dort die Falten an den Rändern halbwegs gleichmäßig zu verteilen. „Da musst du später einfach Steine drauflegen", beschloss Rudi irgendwann pragmatisch. „Dann sieht man die ganzen Falten nicht mehr. Oder lass das Grünzeugs komplett die Seiten überwuchern, das hilft auch."

„Das kommt alles noch", nickte Mathilda friedlich. So weit hatte sie noch gar nicht gedacht. Steine hatte sie jedenfalls nicht hier – die konnte sie bestimmt auch später noch hineinwerfen und mit einer Harke oder einem anderen Gartengerät halbwegs gleichmäßig sortieren.

„Und jetzt lassen wir Wasser einlaufen", entschied Willi, der andere Nachbar. „Erst mal nur in den tiefsten Teil, danach ziehen wir die Folie wieder zurecht, und dann geht es weiter."

Während das Wasser langsam aus dem nächstgelegenen Regenfass über einen von Mathildas Gartenschläuchen in den Teich lief, holten die Männer kurzerhand eine der Bänke, die normalerweise auf der Veranda standen, und einen weiteren Stuhl für Mathilda, setzten sich und beobachteten andächtig, wie der Teich sich langsam zu füllen begann. „So, jetzt müssen wir aber mal wieder", sagte Rudi, als das Regenfass offensichtlich leer war. „Männer, diese Falte dort können wir nicht so lassen."

Mathilda sah den dreien zu, wie sie gemeinsam versuchten, die Folie möglichst glatt zu ziehen, und konnte sich dabei ein Schmunzeln nicht verkneifen. Ganz abgesehen von der steigenden Vorfreude auf ihren Teich, der viel schneller Gestalt annahm, als sie erwartet hätte, gefiel es ihr auch, wie die beiden Erwachsenen mit Christian umgingen. Dem Jungen tat es sichtlich gut, dass er als gleichwertiger Partner behandelt wurde und nicht als Kind, dem man genau sagen musste, was es zu tun hatte.

Schließlich holte sie einen weiteren Gartenschlauch, den sie über eine Kupplung mit dem anderen Stück verbinden konnte, um auch das Wasser aus dem zweitnächsten Regenfass nutzen zu können. Die anderen beiden Fässer standen zu nah am Haus, deren Inhalt würden sie später wohl in Eimern zum Teich tragen müssen.

Während das Wasser ein weiteres Stück weit einlief und die Männer wieder gespannt beobachteten, wie sich der Wasserspiegel Zentimeter für Zentimeter hob, holte Mathilda kurzentschlossen einen Klapptisch und dann Kaffee und Kuchen. Das plätschernde Wasser, auch wenn es momentan ganz unromantisch aus einem gelben Gartenschlauch lief, fand sie tatsächlich angenehm beruhigend – weshalb sollten sie nicht beim Kaffeetrinken weiter zusehen, wie der Teich sich langsam füllte?

Irgendwann später, nachdem Rudi eine Schlauchtrommel geholt hatte, mit deren Hilfe sie doch noch die letzten beiden Regenfässer in den Teich entleeren konnten, erinnerte Willi sich, dass er noch ein paar Eimer mit Steinen herumstehen hatte, die seine Frau nicht mehr im Steinbeet hatte unterbringen können, und holte einen nach dem anderen mit der Schubkarre aus seinem Garten. Christian zog sich kurzerhand die Jeans aus und kletterte in Boxershorts in das kalte Wasser, um die Steine zuerst an der tiefsten Stelle und dann, soweit der Vorrat reichte, auch an den Hängen zu verteilen. Offensichtlich genoss er die Abkühlung nach der anstrengenden, schweißtreibenden Arbeit in der heißen Sonne.

Es war schließlich schon nach sieben Uhr, als alles erledigt war, was sie an diesem Tag machen konnten. An einigen Stellen, da waren sich die drei Männer einig, würde Christian die Ufer noch etwas nacharbeiten müssen; sie waren zu steil, als dass eine Lage Steine darauf gehalten hätte, und die Folie warf zu starke Falten. Erst danach wollte der Junge die Folie schneiden. Die beiden Nachbarn gaben ihm noch gute Tipps, wie er den Rand befestigen und dabei gleichzeitig die Folie verdeckt ein Stück nach außen ziehen könnte, um zu verhindern, dass das Wasser aus dem Teich bei Regen dahinterlief. „Morgen fahren wir drei nochmal zum Baumarkt", verabschiedete sich Rudi, „und holen den restlichen Kies und den Randabschluss. Um das Grünzeug kannst du dich dann sicherlich besser mit Else oder Irmtraud kümmern. Wie geht es der eigentlich? Die sah vorgestern ja richtig schlecht aus."

Mathilda schüttelte wortlos den Kopf. So plötzlich mit den Auswirkungen des Verbrechens auf sie und ihre Nachbarin konfrontiert zu werden, damit hatte sie nicht gerechnet. „Schon wieder besser", sagte sie schließlich.

Rudi nickte. „Gut. Christian, hast du morgen Nachmittag wieder Zeit? Sollen wir nach dem Mittagessen losfahren?"

Sie einigten sich schließlich darauf, dass Rudi gegen halb drei bei Mathilda klingeln würde, Christian wollte schon gegen eins vorbeikommen, um vorher noch die Ränder abzuschrägen. Samstags hatte er keinen Unterricht.

Als alle sich verabschiedet hatten, ließ sich Mathilda auf die Bank am Teich fallen und trank ihren inzwischen kalten Kaffee aus. Bis auf die Folie, die ringsherum überstand und zum Teil noch auf einer alten Zwergkiefer hing, wo der größte Teil abgeschnitten werden musste, sah der Teich mit den weißen Kieseln schon richtig idyllisch aus. Und wenn morgen alles gutging, könnten sie vielleicht sogar schon fertig werden. Kaum zu glauben, wie schnell das alles gegangen war, und wie hilfsbereit auch die Nachbarn gewesen waren, mit denen sie sonst höchstens ein paar Worte über das Wetter wechselte ...

Es war ein guter Tag, fand Mathilda. Der Teich war fast fertig, außerdem hatte Kommissarin Schlangen dank Mathildas Hilfe eine neue Spur, die sie verfolgen konnte, und langsam begann sie daran zu glauben, dass nun wieder Normalität

einkehrte. Sie hoffte nur, dass sich daran nichts
mehr ändern würde.

Kapitel Neun

Am nächsten Morgen wurde Mathilda von der Türklingel aus dem Schlaf gerissen. Den Wecker hatte sie gar nicht gestellt, samstags durfte sie auch mal ausschlafen, fand sie.

Jetzt aber zog sie notgedrungen den Morgenmantel über den Schlafanzug und tapste zur Tür. Wer mochte das um diese Zeit schon sein? Wie spät war es überhaupt?

Ihre Augen waren auch noch nicht ganz wach, sie hatte Probleme, den Haustürschlüssel ins Schloss zu stecken. Die Kette an der Tür legte sie nachts sowieso immer vor, darum zumindest brauchte sie sich jetzt nicht kümmern. Endlich konnte sie die Haustür einen Spaltbreit öffnen.

„Guten Morgen, Frau Müller", begrüßte sie der uniformierte Polizist vor der Tür freundlich. „Haben Sie einen Moment Zeit für uns?"

„Nein", antwortete Mathilda kurzerhand und schlug die Tür wieder zu. Schweratmend lehnte sie sich gegen die Wand daneben. Das konnte doch wohl nicht wahr sein. Ging dieser völlig wahnsinnige Hauptkommissar jetzt allen Ernstes so weit, dass er sie aufs Revier bringen ließ?

Wozu? Nur für eine Befragung? Oder wollte er sie verhaften?

Ihr Herz wollte sich einfach nicht beruhigen. Was sollte sie nur tun? Die Polizisten würde sie nicht ewig vertrösten können. Man kannte das doch aus Filmen, die traten auch schon mal Türen ein, wenn sie meinten, unbedingt eine Wohnung betreten zu müssen. Dadurch wurde die Sache nicht besser. Andererseits – konnte man eine Haustür so leicht eintreten?

Aber vielleicht hatten sie einen Rammbock dabei, so wie die Spezialeinheiten in den Filmen. Oder sie holten einfach den Schlüsseldienst. Dann wäre die Tür auch in wenigen Minuten offen. Dadurch hatte sie nichts gewonnen. Was sollte sie denn auch tun – fliehen? Dazu war sie definitiv zu alt. Außerdem – wer wusste schon, ob sich nicht auch Polizisten im Garten postiert hatten, um sie an der Verandatür abzufangen? Die Gartentür hatte nur ein einfaches Schloss, das konnten sie sicherlich leicht öffnen, um vom Vorgarten in den Garten zu gelangen.

Mathilda schüttelte den Kopf. „Ganz ruhig“, ermahnte sie sich. Es war nur ein Missverständnis. Bestimmt. Wieder einmal. Dieser Fall ging ihr inzwischen dermaßen auf die Nerven – was musste die Polizei sie auch immer wieder belästigen, statt endlich ihre Arbeit zu machen?

Je mehr ihre Wut wuchs, desto langsamer schlug ihr Herz. Das war jedenfalls schon mal gut. Kurzerhand riss sie die Tür wieder einen Spaltbreit auf. „Was wollen Sie denn jetzt schon wieder von mir?“, fragte sie, ohne den Ärger in ihrer Stimme zu unterdrücken.

„Ähm … entschuldigen Sie die frühe Störung“, antwortete nun eine weibliche Stimme. Eine junge Polizistin stellte sich vor die Haustür, so dass Mathilda sie sehen konnte. „Hauptkommissar Saatkamp hat uns den Auftrag gegeben, Ihnen Ihre Bank zurückzubringen. Und wir wollten sie nicht einfach so im Vorgarten stehenlassen – man weiß ja nie, ob die nicht jemand brauchen kann.“

Einen Moment lang war Mathilda baff. Saatkamp gab ihr die Bank zurück? Ausgerechnet der?

Rasch drückte sie die Tür zu, bis sie die Kette lösen konnte, und öffnete sie dann weit. „Wo ist denn …“, begann sie, ehe sie tatsächlich die Bank vor der Gartentür stehen sah. Allerdings nur das Unterteil.

„Das Dach mussten wir abschrauben, sonst hätte es nicht in den Wagen gepasst“, antwortete die junge Frau auf ihre unausgesprochene Frage. „Wir befestigen es gleich wieder, wenn Sie uns vielleicht einen Inbusschlüssel geben könnten. Und einen Maulschlüssel. Karsten, war das ein Dreizehner-Schlüssel?“, wandte sie sich an ihren Kollegen.

Mathilda winkte ab. „Nachher kommt sowieso ein Nachbarsjunge vorbei, der mir im Garten hilft, soll der das machen“, sagte sie. Mit einem Mal war die Müdigkeit zurückgekehrt. „Warten Sie, ich gebe Ihnen den Schlüssel zum Gartentor und den zur Garage", sie holte die beiden aus dem Schlüsselkasten in der Küche, „stellen Sie die Bank einfach mitten auf den Rasen, und das Dach legen Sie bitte in die Garage. Nur für den Fall, dass wir heute doch nicht dazu kommen, es wieder anzubringen."

Während die Polizisten die beiden Teile in den Garten trugen und Mathilda hörte, wie die Garagentür auf- und dann wieder zugeschlossen wurde, wurde sie langsam etwas wacher. Was bedeutete diese Aktion? Wollte Saatkamp sie in Sicherheit wiegen? Hoffte er, dass sie unvorsichtig wurde, jetzt, wo scheinbar wieder Normalität einkehrte? Glaubte er wirklich, nun würde sie ihren Nachbarn erzählen, dass sie Peter Linke erschlagen hätte, nur weil sie dachte, die Polizei verdächtige sie nicht mehr? Oder hatte der Hauptkommissar das nur auf Drängen von Kommissarin Schlangen gemacht, die nicht mehr mit ansehen konnte, wie Mathilda in der Rolle der Verdächtigen litt?

Und was war mit Irmtraud? War die jetzt mehr oder weniger verdächtig als vorher?

„Heißt das, Sie beziehungsweise Ihre Kollegen von der Mordkommission haben inzwischen eine Spur, die in eine andere Richtung deutet?", erkundigte sie sich, als die beiden uniformierten Beamten den Garten wieder verließen und ihr die beiden Schlüssel zurückgaben.

„In eine andere Richtung?", fragte die Polizistin nach. „Ach, Sie meinen, etwas anderes als den damaligen Selbstmord?"

„Nein." Am liebsten hätte Mathilda es auf sich beruhen lassen, zumal sie nicht wusste, inwiefern die beiden Streifenpolizisten überhaupt informiert waren. Es war ihr einfach unangenehm, das auszusprechen, was ihr seit Tagen den Schlaf raubte. Aber es musste sein, wenn sie nicht später schon wieder Kommissarin Schlangen anrufen wollte. „Ich meinte, sind meine Nachbarin Frau Selig und ich jetzt nicht mehr verdächtig? Hat Hauptkommissar Saatkamp sich endlich eines Besseren besonnen und begonnen, den richtigen Spuren zu folgen?"

Die beiden Polizisten blickten sich sichtbar verwundert an. „Frau Müller", begann die junge Frau schließlich langsam, „ich fürchte, Sie haben da einen falschen Eindruck bekommen ... Der alte Saatkamp hat Sie nie verdächtigt, und Ihre Nachbarin ebenso wenig. Das war nur ..." Sie brach ab. „Vergessen Sie das Ganze bitte. Sie brauchen sich keine Sorgen zu machen. Auch nicht um Ihre Nachbarin. Saatkamp hatte von Anfang an ein finanzielles Motiv vermutet, und in dieser Hinsicht gibt es momentan auch mehr als genug Spuren auszuwerten. Glauben Sie mir, der Fall wird bestimmt bald aufgeklärt."

Nachdem sich die beiden verabschiedet hatten, ging Mathilda in die Küche und setzte den ersten Kaffee auf. Dann nahm sie am Küchentisch Platz und starrte hinaus in den Garten. Sie war sehr nachdenklich geworden. Was hatte die junge Polizistin gerade gesagt? „Der alte Saatkamp hat Sie nie verdächtigt, das war nur …" Vielleicht hatte sie gemeint, das sei nur ein Missverständnis gewesen. Oder nur eine kurze Phase. Oder … die junge Frau hatte etwas ganz anderes gemeint: Das war nur Kommissarin Schlangen.

Während sie diesen Satz langsam in ihre Gedanken sickern ließ, fügten sich Stück für Stück die Puzzleteile zusammen, die vorher einfach nicht richtig zueinander gepasst hatten. Die Fahrt in die Rechtsmedizin nach Köln, bei der Mathilda immer vermutet hatte, dass sie von Saatkamp angeordnet worden sei – was sprach dagegen, dass das Kommissarin Schlangens eigene Idee gewesen war?

Der Streit zwischen den beiden Ermittlern, den sie mitbekommen hatte – hatte Saatkamp seine Mitarbeiterin vielleicht genau wegen dieser eigenmächtigen Aktion zusammengestaucht?

Und das letzte Gespräch mit ihm auf dem Präsidium, bei dem sie das Gefühl gehabt hatte, er versuche sich zu entschuldigen – es würde zu dieser Szene passen, wenn er sich für seine Mitarbeiterin entschuldigt hätte, ohne aber ihr Fehlverhalten direkt ansprechen zu wollen. Damit wäre sein Herumgedruckse erklärbar, das ansonsten gar nicht zu ihm passte.

Wie war sie eigentlich überhaupt auf die Idee gekommen, Saatkamp verdächtige sie? Hatte

Kommissarin Schlangen diesen Eindruck nicht bei ihrem Besuch hier noch unterstützt?

Mathilda schüttelte den Kopf. Wie hatte sie nur so blöd sein können, nicht zu merken, wer hier ein falsches Spiel mit ihr spielte? Irmtraud hatte es gemerkt – die Nachbarin hatte die Kommissarin als „Schlange" bezeichnet. Was Mathilda für einen Versprecher gehalten hatte, war Irmtrauds voller Ernst gewesen. Und Mathilda selbst? Sie hatte ausgerechnet dieser Schlange vertraut. Ihr sogar von der neuen Fährte, dem Bruder des Selbstmörders, berichtet – hatte die Kommissarin die Information über diese Spur überhaupt an Saatkamp weitergegeben? Und weshalb hatte Kommissarin Schlangen es so darauf angelegt, sie zu verunsichern und dazu zu bringen, sich so zu verhalten, dass Mathilda sich selbst verdächtig machte?

Ein ungeheuerlicher Verdacht keimte in ihr. Wo wohnte Kommissarin Schlangen eigentlich? Zufällig auch hier in der Gegend? Wenn die Polizistin so darauf hinarbeitete, Mathilda oder Irmtraud als angebliche Mörderin zu überführen – konnte das nicht daran liegen, dass sie selbst mit dem Verbrechen zu tun hatte? Auch wenn sie nicht unbedingt die Täterin sein musste ... vielleicht kannte sie den Täter und versuchte, ihn zu schützen, indem sie jeden anderen potentiellen Verdächtigen möglichst genau unter die Lupe nahm und so verhinderte, dass andere Spuren verfolgt wurden?

Aber wenn das alles wirklich stimmte – musste Mathilda dann nicht Hauptkommissar Saatkamp anrufen und ihn warnen, dass seine Mitarbeiterin ein falsches Spiel spielte? Bei dem Gedanken daran zog sich ihr Magen wieder zusammen. Nein, das war keine gute Idee. Vielleicht irrte sie sich ja, und in Wahrheit war doch Saatkamp der böse Cop und Kommissarin Schlangen der gute ... oder beide waren einfach überfordert und stocherten deshalb in jedem Nebel, den sie zufällig fanden.

So würde sie auf alle Fälle nicht weiterkommen. Mathilda goss sich einen Kaffee ein, aß zum Frühstück eine Banane und zog sich dann erst einmal an, ehe sie die Zeitung aus dem Briefkasten fischte, die sie vorhin ganz übersehen hatte. Aber darin stand auch nichts Neues. Der Mord und die Ermittlung dazu wurden heute überhaupt nicht erwähnt.

Kurzerhand holte sie wieder ihren Laptop vom Schreibtisch und die angebrochene Tafel Schokolade aus dem Küchenschrank, goss noch einen Schluck heißen Kaffee nach und begann, auf der Seite der Aachener Polizei nach Frau Schlangens Vornamen zu suchen – vergeblich. Dort konnte man sich zwar über die Bewerbung für den Polizeidienst informieren, eine Anzeige aufgeben und sogar ein Organigramm des gesamten Polizeipräsidiums Aachen herunterladen, doch die Namen der Ermittler waren nicht angegeben.

Aber es musste möglich sein, irgendwie die Suche nach dieser Frau einzugrenzen, überlegte sie ungeduldig. Wenn sie einfach nur „Schlangen" und „Polizei Aachen" in ihre Suchmaschine eingab, konnte das nicht ausreichen ... oder vielleicht doch? Versuchsweise tippte sie die Suchbegriffe ein.

Eine seltene Schlange war in einem Garten gefunden worden, eine andere in einer Kleiderkiste als blinder Passagier nach Aachen gelangt. Eine dritte Schlange hatte eine Frau gebissen. Und vor einem Fußballspiel hatten sich lange Schlangen vor dem neuen Tivoli gebildet.

Erst auf der achten Seite entdeckte sie zwischen all den nutzlosen Treffern den Hinweis, dass eine Kommissarin namens Sandra Schlangen in einer Aachener Grundschule zu Besuch gewesen war, um mit den Kindern zu trainieren, wie sie sich verhalten sollten, wenn sie von fremden Menschen angesprochen wurden. Das war zwar löblich, fand Mathilda, aber kein Grund, die Kommissarin als potentielle Täterin auszuschließen.

Das Telefonbuch verriet ihr, dass jemand mit dem Namen S. Schlangen auf der Roermonder Straße wohnte, von der Kreuzung mit der Horbacher Straße aus gesehen zwar noch ein ganzes Stück in Richtung Richterich, aber das hieß nichts. Sie könnte Mathildas Garten vom Joggen durch die Felder kennen.

Mathilda lehnte sich zurück und betrachtete nachdenklich den Monitor. Welchen Grund hätte Kommissarin Schlangen haben können, Peter Linke zu erschlagen? Die Streifenpolizistin hatte von finanziellen Gründen gesprochen – aber natürlich konnte es ebenso gut um verletzte Gefühle gehen.

Vielleicht hatte er sie ebenfalls um ihr Erspartes gebracht, vielleicht hatte er ihr auch das Herz gebrochen … und möglicherweise war sie selbst gar nicht die Täterin, sondern versuchte nur den Täter zu decken … dennoch, es half nichts. Sie konnte diese Erkenntnis nicht für sich behalten. Jetzt musste sie Saatkamp anrufen. Auch wenn ihr Magen heftig protestierte. Ob er am Samstagvormittag überhaupt in seinem Büro war?

Ehe sie der Mut wieder verließ, wählte Mathilda die Nummer der Telefonzentrale des Polizeipräsidiums und ließ sich zu Saatkamp durchstellen, dessen Durchwahl sie gar nicht kannte. Nur Kommissarin Schlangen hatte ihr eine Visitenkarte in die Hand gedrückt, als die beiden Ermittler am vergangenen Sonntagmorgen hier in ihrem Garten gestanden hatten – auf der sie den Vornamen der Polizistin sicherlich auch hätte finden können, wie ihr jetzt erst auffiel.

Tatsächlich war der Hauptkommissar im Büro. „KK 11, Saatkamp", meldete er sich. Seine Stimme klang müde, fand Mathilda. Mit einem Mal war ihre Abneigung gegen ihn verschwunden.

„Guten Morgen, Herr Saatkamp, Mathilda Müller hier", meldete sie sich. „Haben Sie einen Moment Zeit für mich?"

„Natürlich, Frau Müller." Er klang noch immer so, als sei er mit den Gedanken ganz woanders. Vielleicht noch im Bett. Oder zu Hause bei seiner Familie. Hatte er überhaupt Familie?

„Ich würde mit Ihnen gerne über Ihre Mitarbeiterin, Frau Schlangen, sprechen", fuhr sie fort. Das Grummeln in ihrem Magen war noch nicht verschwunden, hielt sich aber momentan relativ ruhig.

„Einen Moment bitte", sagte er. Mathilda hörte, wie eine Tür geschlossen wurde. „Jetzt bin ich wieder für Sie da", sagte er schließlich.

„Frau Schlangen hat mich in den letzten Tagen einmal persönlich aufgesucht und außerdem einmal angerufen, um mir zu erklären, dass ich zu den Verdächtigen gehöre", begann sie, erzählte dem Hauptkommissar kurzerhand alles, was sie gerade im Internet herausgefunden hatte, und ließ auch Schlangens Besuch bei Irmtraud und die Geschichte mit dem Bruder des Selbstmörders nicht aus. „Könnte Frau Schlangens Übereifer, mir oder meiner Nachbarin die Tat in die Schuhe zu schieben, nicht damit zusammenhängen, dass sie selbst irgendwie mit dem Verbrechen zu tun hat und nun alles versucht, um die Ermittlungen in die falsche Richtung zu lenken?"

Saatkamp schwieg einen Moment. Dann lachte er leise. „Ihre Schlussfolgerungen sind durchaus nachvollziehbar", antwortete er langsam. „Ich hatte mir schon so etwas gedacht, dass meine Kollegin auf eigene Faust ermittelt ... bisher wusste ich nur von der Geschichte mit der Rechtsmedizin, derentwegen ich sie auch schon zur Rede gestellt hatte."

Mathilda nickte zufrieden. Dann stimmte ihre Schlussfolgerung also, dass der Streit, den sie mitbekommen hatte, sich auf die Fahrt nach Köln bezogen hatte.

„Dennoch", fuhr er fort und klang nun noch müder als vorher, „kann ich Ihnen versichern, dass Frau Schlangens Gründe für diese Extratouren ganz andere sind, als Sie glauben. Meine Kollegin ist sehr ehrgeizig – zu ehrgeizig, wenn Sie mich fragen –, und einen Mordfall mehr oder weniger alleine zu lösen, dürfte sie auf dem Weg zum nächsten Schritt auf der Karriereleiter ein gutes Stück weiterbringen."

„Diese ganzen hinterlistigen Aktionen nur wegen einer Beförderung?", fragte Mathilda entgeistert nach. „Sagen Sie – wenn das wirklich so ist, merkt die Frau denn nicht, was sie mir und meiner Nachbarin mit diesen haltlosen Verdächtigungen antut? Hat die eigentlich eine Ahnung, wie man sich fühlt, wenn man nachts nicht mehr schlafen kann, weil man jeden Moment damit rechnet, aus völlig an den Haaren herbeigezogenen Gründen verhaftet zu werden?" Die angestaute Wut musste jetzt einfach heraus, auch wenn der Hauptkommissar dann vermutlich wieder kurzangebunden werden würde.

„Empathie ist nicht jedermanns Stärke", entgegnete Saatkamp ruhig. „Aber ich werde diese Punkte meiner Kollegin gegenüber gerne nochmal erwähnen, wenn sie am Montag ins Büro kommt. Davon abgesehen steht es Ihnen natürlich frei, sich offiziell über Frau Schlangen zu beschweren. Wollen Sie das tun?"

Mit einem Mal fiel all ihre Wut in sich zusammen. „Nein." Mathilda schluckte. „Ich will nur endlich wieder meine Ruhe haben. Wieder durchschlafen können. Und auch sichergehen können, dass Frau Selig und meine anderen Nachbarn nicht mehr belästigt werden."

„Nach dem bisherigen Stand der Ermittlungen gehen wir davon aus, dass Sie und ihre direkten Nachbarinnen nichts mit dem Verbrechen zu tun haben", antwortete Saatkamp so bestimmt, dass Mathilda ihm diese Aussage sofort glaubte. „Sollten Sie uns oder unsere uniformierten Kollegen dennoch in den nächsten Tagen in der Nähe Ihres Hauses sehen, so liegt das daran, dass eine der verdächtigen Personen auf Ihrer Straße wohnt. Aber auch hier besteht nur ein Anfangsverdacht."

„Der Bruder des Selbstmörders", ergänzte Mathilda wissend.

Saatkamp schwieg einen Moment. „Nicht unbedingt", entgegnete er schließlich. Aber was hätte er sonst auch sagen sollen? Mathilda war sich dennoch sicher, dass dieser Herr Schlosser gemeint war, der laut Else und Rudi irgendwo auf der Horbacher Straße in Richtung Vetschau wohnte.

Als sie sich verabschiedet hatten, klappte Mathilda kurzentschlossen den Laptop zu. Saatkamp würde sich um alles andere kümmern. Um seine übereifrige Kollegin, und um den potentiellen Täter. Mathilda hatte ihren Beitrag geleistet, ihm alles mitgeteilt, was er wissen musste. Der Rest war sein Job. Sie würde sich jetzt wieder mit ihrem Teich beschäftigen. Und vorher noch Irmtraud berichten, dass diese nun auch nicht mehr verdächtig war.

Kurzerhand rief sie die Nachbarin an und schlug ein gemeinsames Frühstück vor, doch Irmtraud war gerade auf dem Sprung zu einer Freundin nach Köln, wo man angeblich besser Hosen kaufen konnte als in Aachen. „In Würselen auf der Kaiserstraße gibt es doch auch gute Geschäfte", wandte Mathilda ein, doch damit stieß sie auf taube Ohren.

Und auch ihre Mitteilung, dass die Polizei Irmtraud nun aller Voraussicht nach in Ruhe lassen würde, hatte nicht den erwarteten Effekt. „Natürlich, irgendwann müssen selbst die doch merken, wenn sie sich irren", entgegnete Irmtraud trocken. Offenbar hatte die Nachbarin die Vernehmung durch Kommissarin Schlangen nach dem ersten Schock besser weggesteckt, als Mathilda das gelungen war.

Sie verabredeten sich für den nächsten Morgen, diesmal bei Irmtraud, zum Frühstück. Dann ging Mathilda hinaus in den Garten. Die Sonne strahlte schon jetzt, am frühen Morgen, so kräftig, dass sie vorsichtshalber eine Kappe aufsetzte, als sie die erste Runde durch den Garten schlenderte. Die Garagentür hatten die Polizisten wieder abgeschlossen, die Bank direkt neben der Veranda abgestellt – dort konnte sie auch noch ein paar

Tage stehen bleiben. Erst einmal war heute der Teich an der Reihe.

Das Areal rings um den Teich sah nach der gestrigen Arbeit ziemlich verwüstet aus, zumal der Aushub noch gleich daneben auf einer Folie auf dem Rasen lag – darum mussten sie sich auch bald kümmern, ehe das Gras darunter endgültig den Geist aufgab. Gelb und matschig würde es jetzt schon sein. Aber wo wäre der beste Platz für den geplanten sonnigen, trockenen Hügel? Vielleicht konnten sie heute schon etwas Sand mitbringen, um die eher schwere, lehmige Erde in der obersten Schicht magerer zu machen ...

Mathilda brauchte mehr als eine Stunde, bis sie sich endlich entschieden hatte, wie es mit dem Erdhügel weitergehen sollte. Keines der Beete wollte sie dafür opfern, also blieb als letzte Möglichkeit nur, ein Stück Rasen dafür zu nehmen. Und tatsächlich gab es sogar zwei Stellen, wo sie noch ein weiteres kleines Beet anlegen konnte, ohne dem Rasenmäher den Weg zu versperren, von denen eine allerdings vormittags zu viel Schatten von Irmtrauds Nussbaum abbekam. An der anderen Stelle legte Mathilda mit Kieselsteinen den Umriss, den sie sich vorstellte, und versuchte dann, mit dem Grubber schon einmal die Grasnarbe aufzureißen, damit das Gras nachher einfacher abzustechen wäre – vergeblich. Nicht einmal dieses einfache Werkzeug konnte sie einhändig nutzen. Es wurde wirklich Zeit, dass der Gips wieder runterkam. Zumal die Haut darunter immer

stärker juckte, sobald Mathilda nur an den Gips
dachte.

Zumindest hatte sie die Planung für den Nachmittag nun schon begonnen, dachte sie und holte
sich einen Kaffee, mit dem sie sich auf die Bank
am Teich setzte. Ein Wasserläufer spazierte über
das Wasser wie auf einem elastischen Tuch, seine
Beine drückten kleine Dellen in die Oberfläche, die
in der Sonne glitzerten. Ansonsten konnte Mathilda keine Tiere entdecken. Aber das war auch
noch zu früh. Erst wenn sie die Pflanzen eingesetzt hätte, konnte sie mit Libellen oder anderen
Tieren rechnen. Und bis sich tatsächlich ein
Frosch oder Molch hierher verirren würde, das
würde noch sehr lange dauern. Doch das war eigentlich auch nicht so wichtig. Hauptsache, sie
hatte bald den Teich, von dem sie immer geträumt
hatte. Alles Weitere würde sich finden.

Nachdem sie den Kaffee ausgetrunken hatte,
überlegte Mathilda, ob sie schon einmal den Um-
fang des Teiches nachmessen sollte, um die Rand-
steine entsprechend zu kaufen, entschied sich
dann aber doch dagegen. Solange Christian noch
an einigen Stellen die Ufer abflachen wollte, konnte das nur ein Schätzwert sein. Außerdem war der
Junge viel flinker als sie, wenn es darum ging, mit
dem Bandmaß einmal um den Teich herumzu-
krabbeln.

Stattdessen stellte sie die Tasse auf den Klapptisch, den sie am Vortag nicht weggeräumt hatte,
lehnte sich zurück und schloss die Augen. Hier,

im Schatten des Kirschbaums, und mit der Kappe auf dem Kopf konnte sie sicherlich einen Moment sitzen bleiben, ohne sich Sorgen wegen der Sonne machen zu müssen ...

Mathilda zuckte hoch, als sie eine Stimmte hörte, die ihren Namen rief. Sie rieb sich die Augen. War sie eingeschlafen? Ein Blick auf ihre Armbanduhr verriet ihr, dass es schon kurz vor eins war. Christian! Rasch stand sie auf, eilte zur Gartentür und schloss sie auf. „Entschuldige, ich habe dich nicht sofort gehört", sagte sie.

Er grinste. „Kein Problem. Aber schauen Sie mal in den Spiegel, ich glaube, Sie brauchen ein bisschen Sonnencreme", schlug er vor. „Ich fange in der Zwischenzeit mit den Ufern an."

Mathilda tastete nach ihren Wangen. Verdammt, die fühlten sich tatsächlich heiß an. Natürlich schützte der Schirm ihrer Kappe nur die Stirn vor der Sonne, und der Schatten des Kirschbaums war längst weitergewandert, während sie stundenlang geschlafen hatte ...

Aber das ungeplante Nickerchen hatte ihr dennoch gutgetan, überlegte sie, während sie ihr Gesicht, Nacken und Ohrläppchen großzügig mit Sonnencreme einrieb. Jetzt fühlte sie sich endlich mal wieder richtig wach. Dass sie dafür vermutlich abends nicht würde einschlafen können, weil ihr Gesicht brannte – nun, das ließ sich jetzt sowieso nicht mehr ändern.

Als sie wieder in den Garten ging, kämpfte Christian gerade damit, gleichzeitig mit einer Hand

die Folie anzuheben und mit der anderen die
Schaufel zu halten, um die Ränder nachzubearbeiten. Zumindest dabei konnte Mathilda ihm helfen;
die auf die Wiese ragenden Stücke der Folie waren
leicht genug, um sie mit einer Hand hochzuhalten.
Auf diese Weise waren sie bald mit den Nacharbeiten fertig.

Um halb drei, als Rudi sich wie versprochen
meldete, hatten sie sich schon aus dem Baumarktkatalog einen schönen Bruchstein ausgesucht, den sie für die Randbefestigung nutzen
wollten, und Christian hatte die Länge des Ufers
nachgemessen. Für das neue Trockenbeet im Rasen wollten sie erst später die Begrenzungssteine
kaufen, zumal Mathilda sich nicht mehr sicher
war, ob sie davon nicht noch Reste im Schuppen
liegen hatte – um an den vermuteten Lagerort zu
kommen, hätten sie aber erst einen Holzstapel
beiseite räumen müssen, was jetzt zu lange gedauert hätte.

Rudi fachsimpelte auf der Fahrt zum Baumarkt
mit Christian über den groben Kies, den sie noch
kaufen und an den Ufern des Teiches verteilen
wollten. Mathilda genoss es einfach, den beiden
zuzuhören. Ein kleines bisschen fühlte sie sich an
früher erinnert, als sie solche Pläne noch mit ihrem Ex-Mann geschmiedet hatte. Nur dass Jürgen
einen Jugendlichen nicht so ernstgenommen hätte, wie es Rudi mit Christian tat. Und Hannes –
weshalb musste sie jetzt gerade an ihn denken? –,
wie hätte er sich an Rudis Stelle verhalten? Viel-

leicht sollte sie ihn doch irgendwann einmal anrufen. Einfach so, ohne besonderen Grund und ohne tiefere Absicht. Wenn diese ganze Geschichte hier vorbei wäre.

Die beiden Männer luden gemeinsam die Säcke mit Kies, Sand und die Bruchsteine für den Rand ein, und Mathilda, die der Schwanenblume nicht hatte wiederstehen können, die ihr von einem der Tische in der Gartenabteilung aus quasi zugewinkt hatte, hielt ihre Beute auf der Rückfahrt auf dem Schoß. Nicht, dass die offenen Blüten verletzt wurden! Die arme Pflanze würde sowieso einiges auszuhalten haben, wenn sie als erste in einen gerade angelegten Teich eingesetzt wurde, in dem noch kaum Nährstoffe zu finden waren.

Danach ging es erstaunlich schnell weiter. Christian stieg, wieder nur in Boxershorts, in den flacheren Teil des Teiches und verteilte dort die neugekauften Kiesel auf dem Boden. Rudi reparierte kurzerhand Mathildas Grundwasserpumpe, die schon seit Jahren versteckt zwischen dem Schuppen und dem Flieder daneben vor sich hin rostete, und schleppte einen Eimer Wasser nach dem anderen zum Teich, bis sie die gewünschte Höhe erreicht hatten. „Nur gut, dass ihr kein größeres Loch gegraben habt", keuchte er nach zehn oder zwölf Eimern und ließ sich auf die Bank fallen. „Das ist nichts mehr für meine alten Knochen."

Aber nachdem Mathilda ihn und Christian mit Schoko- und Pistazieneis versorgt hatte, ging es ihm schon wieder besser. „Wenn wir nicht heute Abend noch eingeladen wären, würde ich glatt noch ein Weilchen bleiben", seufzte er und stand auf. „Wie sieht's aus, Christian, schaffst du den Rest alleine? Sonst machen wir morgen Nachmittag weiter, da hat meine Frau ihre Freundinnen zum Kaffeeklatsch eingeladen, und sonntags kann ich ja nicht mal den Rasen mähen, um mich davor zu drücken."

Christian grinste breit. „Den Rand des Teiches bekomme ich schon hin", sagte er. „Aber morgen geht es weiter mit dem Sonnenhügel, nicht wahr, Mathilda? Vielleicht wollen Sie ja daran mitarbeiten, Rudi."

Mathilda wehrte sich nicht dagegen. Wenn sie ehrlich war, war sie doch froh, dass sie so viel Hilfe erfuhr. Und bei Rudi würde sie sich demnächst mal mit einem selbstgebackenen Kuchen revanchieren, wenn sie wieder beide Hände benutzen konnte.

Nachdem der Nachbar sich verabschiedet und Mathilda die Gartentür hinter ihm wieder abgeschlossen hatte, machte sie sich gemeinsam mit Christian daran, die Umrandung des Teiches anzulegen. Bald fanden sie eine sinnvolle Aufgabenteilung – der Junge legte die Bruchsteine ringsum ab, und während Mathilda sie so anordnete, wie es ihr gefiel, schnitt er bereits die Folie zurecht und bedeckte deren Ränder bis an die Bruchsteine heran mit Erde.

Als Mathilda sich eine ganze Weile später mit schmerzenden Knien aufrichtete, sah der Teich aus wie ein Teich. Genauso, wie sie es sich immer vorgestellt hatte. Jetzt noch die Schwanenblume … Da sie noch gar nicht darüber nachgedacht hatte, wie sie überhaupt Blumen in den Flachwasserzonen an den Rändern pflanzen wollte, stellte sie kurzerhand den kompletten Blumentopf ins Wasser und befestigte ihn mit den Steinen ringsum. Später würde sie das ändern, wenn sie erst einmal in ihren Teichbüchern nachgelesen hätte, wie sie das am besten machte. Jetzt zählte nur das Gefühl, erst einmal fertig zu sein.

Mathilda hatte fast das Gefühl, schweben zu können, als sie Christian ansah, der ebenso strahlte wie sie. „Mensch, du hast es geschafft“, sagte sie andächtig. „Und so schnell …“

„*Wir* haben es geschafft“, korrigierte er sie.

„Ach, ich würde am liebsten um den Teich herumtanzen“, murmelte Mathilda. Dieser Tag, der mit einem solchen Schock am frühen Morgen begonnen hatte, erschien ihr nun wie der endgültige Abschluss einer furchtbaren Woche, in der sich alles um dieses schreckliche Verbrechen gedreht hatte. Der Teich war fertig. Die Bank war zurück, auch wenn sie noch nicht wieder am richtigen Ort stand.

„Moment“, sagte Christian und holte sein Handy aus der Tasche seiner Jeans, die er inzwischen wieder angezogen hatte. „Da habe ich bestimmt was Passendes …“

Verwundert sah Mathilda ihm zu, wie er auf dem Display des Handys herumtippte, bis aus den Lautsprechern des kleinen Gerätes tatsächlich ein Walzer erklang. Er legte das Handy auf den Klapptisch. „Darf ich bitten?" Nach einer schwungvollen Verbeugung reichte er Mathilda seine Linke und fasste, als sie ohne nachzudenken ihren rechten Arm ausstreckte, vorsichtig ihre Finger oberhalb des Gipses.

Einen Moment lang musste sie wieder an Hannes denken, den letzten Mann, mit dem sie getanzt hatte, und an die „Waltzing Mathilda", die die Polizei noch behalten hatte. Ihr Jürgen hatte Tanzen immer für zu albern gehalten. Aber Christian war es offensichtlich überhaupt nicht peinlich, mit einer Frau Walzer zu tanzen, die vom Alter her locker seine Großmutter sein konnte. Er drehte sich mit Mathilda über den Rasen entlang des Teiches, dann um das gesamte Blumenbeet herum und wieder zurück zum Teich, bis die Musik verstummte.

Mathilda musste lachen. „Du bist wirklich ein ganz besonderer junger Mann", sagte sie. „So einen Enkel wie dich hätte ich mir auch gewünscht."

Christian wurde ein wenig rot, und das wohl nicht nur wegen der Anstrengung. „Ach, das alles hier macht mir doch auch Spaß", sagte er. „Ich bin froh, wenn ich Ihnen helfen kann."

„Und ich bin froh, dass du mir hilfst", sagte Mathilda und ließ sich wieder auf die Bank fallen. Ein klein bisschen schwindelig war ihr doch geworden. Sie hatte schon lange nicht mehr getanzt. Und auf dem Rasen war das ganze sowieso viel schwieriger.

„Sollen wir denn morgen mit dem Hügel weitermachen, oder möchten Sie lieber erst einmal Pause machen?", erkundigte sich Christian, nun wieder ernst, und setzte sich neben sie.

„Wenn du morgen wirklich Zeit und Lust hast, gerne", antwortete Mathilda. „Und falls Rudi wieder dazukommt, könntet ihr mir vielleicht auch die Bank, die neben der Veranda steht, hinten in meine Hochsommerecke tragen. Die kann man nicht alleine tragen, und ich kann momentan nicht wirklich mit anfassen."

„Kein Problem", nickte Christian und sprang auf. „Das schaffe ich schon. Nur beim Anmontieren des Daches wäre ein zweites Paar Hände nicht schlecht."

Mathilda sah ihm zu, wie er die Bank tatsächlich alleine über den ganzen Rasen bis in die Hochsommerecke trug und dort zwischen den Büschen verschwand. Das Schwindelgefühl ließ nicht nach, im Gegenteil. Sie hatte das Gefühl, aufspringen zu müssen, zum Haus laufen, Irmtraud anrufen. Aber sie blieb sitzen, bis Christian zurückkehrte und sich wieder neben sie setzte. „Sehen Sie, das war überhaupt kein Problem", sagte er.

Sie schwieg einen Moment, schloss die Augen. Der Sonnenbrand ließ ihre Wangen glühen, und in ihrem Magen gluckerte das Eis von vorhin. Dann

atmete sie tief durch und öffnete die Augen wieder.
„Weshalb hast du es getan?", fragte sie. Und an
seinen Augen, die sie mit einem Mal schmerzer-
füllt anstarrten, erkannte sie, dass sie sich diesmal nicht geirrt hatte.

Kapitel Zehn

„Woher wissen Sie es?", fragte er schließlich.

„Das Dach", antwortete Mathilda leise. „Die Garage ist abgeschlossen, du kannst es darin nicht gesehen haben. Und dennoch wusstest du, dass ein Dach auf die Bank gehört."

„Es könnte ein Zufall sein", sagte Christian nachdenklich. „Ich könnte die Bank vorher zufällig vom Feld aus gesehen haben. Oder jemand könnte mir von dieser speziellen Bank erzählt haben."

„Ist es so?" Mathilda sah ihn nicht an.

„Nein." Christian starrte auf den Teich, wo sich gerade eine Fliege auf der Schwanenblume niederließ. „Ich habe diese Bank nur einmal gesehen, als ich dieses Schwein erschlagen habe. Und es tut mir unsagbar leid, wie viel Kummer ich Ihnen damit bereitet haben muss." Er wirkte fast erleichtert, die Tat endlich einem Menschen beichten zu können.

„Aber weshalb?" Auch wenn Mathilda ahnte, dass das Motiv finanzielle Gründe haben würde, als sie sich erinnerte, wie der Junge auf seinen ersten Lohn reagiert hatte – sie konnte sich einfach nicht vorstellen, was diesen netten, ruhigen, zuverlässigen Jungen dazu bringen konnte, einen Mann zu töten.

„Das … das ist schwer zu erklären", begann er und atmete tief durch, als sei ihm bewusst, dass ihm die nächsten Sätze nicht leichtfallen würden. „Meine Mutter – sie hat sich von Linke überreden lassen, sich Geld von Bekannten von ihm zu leihen und es in einen dubiosen Fond zu investieren. Es hat kein Jahr gedauert, bis das Geld weg war. Sie hatte davon geträumt, mir von dem Gewinn das Studium finanzieren zu können … stattdessen hatte sie plötzlich Schulden. Sie konnte kaum noch die Miete für unsere Wohnung zahlen."

Mathilda nickte. Kein Wunder, dass Christian so viele Nebenjobs annahm – er war tatsächlich gezwungen, seinen Teil zum Lebensunterhalt seiner Familie beizutragen. „Aber ich kann mir nicht vorstellen, dass du deshalb so außer dir warst, dass du den Mann töten wolltest", sagte sie.

Er schüttelte heftig den Kopf. „Nein, nicht deshalb. Das wäre ein Grund gewesen, ihn anzuzeigen, auch wenn meine Mutter das nicht wollte – sie hat sich zu sehr geschämt, dass sie sich so über den Tisch hat ziehen lassen." Einen Moment lang schwiegen sie beide, als eine Schwebfliege über dem Teich kreiste und sich dann auf einem der Bruchsteine niederließ, um sich dort ein wenig zu sonnen.

„Aber vor einer guten Woche habe ich zufällig erfahren, von wem sie sich das Geld geliehen hatte und was sie für diese Männer nun tun musste, um ihre Schulden abzubezahlen ...", fuhr er schließlich fort.

Mathilda spürte, wie ihr Herz schneller schlug. Sie begann zu ahnen, was er ihr zu sagen versuchte. "Haben diese Männer deine Mutter ... belästigt?", fragte sie leise.

Er schüttelte den Kopf. "Sie zwingen sie, für sie zu arbeiten. In der Antoniusstraße", fügte er nach kaum merklichem Zögern hinzu.

Mathilda schluckte. Jeder Aachener kannte die Antoniusstraße. Dort gab es nur eine Möglichkeit zu arbeiten – im ältesten Gewerbe der Welt. "Scheiße", murmelte sie.

"Ich wollte ihn zur Rede stellen, ihm erklären, dass er an allem schuld ist und sich gefälligst darum zu kümmern hat, dass meine Mutter da wieder rauskommt", fuhr Christian fort. Auch wenn seine Stimme ruhig klang, sah Mathilda, wie sich eine Träne nach der anderen den Weg über seine Wange suchte. "Ich habe immer wieder versucht, ihn vor seinem Büro abzupassen, doch er ist jedes Mal in seinen Wagen gesprungen und weggefahren, als er mich erkannt hat. Und dann sah ich ihn letzten Samstagabend von meinem Fenster aus, wie er durch die Felder zu Ihrem Garten ging ... es war wie ein Zeichen, dass ich nun endlich ungestört mit ihm sprechen konnte. Als ich dort ankam, machte seine Freundin ihm gerade eine Szene, knallte ihm den Blumenstrauß ins Gesicht und verschwand, ohne mich zu bemerken. Ich habe noch einen Moment gewartet, ob er Ihren

Garten wieder verlässt, doch er blieb einfach auf der Bank sitzen, lachte leise, tippte etwas auf seinem Handy ... Da bin ich über den Zaun in Ihren Garten geklettert."

„Ihr habt euch gestritten", sagte Mathilda. Mit einem Mal wurde ihr bewusst, dass Saatkamps Bemerkung, es gebe einen Verdächtigen in der Nachbarschaft, sich durchaus auch auf Christian oder seine Mutter beziehen konnte.

Der Junge nickte. „Ich habe ihn angefleht, meiner Mutter zu helfen. Er hat nur gelacht. Dann hat er gesagt: ‚Die alte Schlampe hat jetzt endlich einen Job, der zu ihr passt.' Und dann – dann war er tot. Und auf der Statue überall Blut." Er schluckte. „Und das Schlimmste ist – es ändert ja überhaupt nichts. Diese Männer haben sie noch immer in der Hand."

Mathilda atmete tief durch. „Das bekommen wir hin", sagte sie schließlich, auch wenn sie nicht genau wusste, wie das funktionieren sollte. Aber sie kannte jemanden, der sich mit diesen Dingen auskannte. Auch wenn derjenige von Liedern wie „Waltzing Mathilda" keine Ahnung hatte.

Sie zog ihr Handy aus der Tasche. „Warum hast du den Blumenstrauß mitgenommen?", fragte sie, während sie im eingebauten Telefonbuch die richtige Nummer suchte.

„Ich wollte nicht, dass die junge Frau unter Verdacht gerät", antwortete er.

„Und bei der Apotheke warst du zufällig?", fuhr Mathilda fort und tippte auf den gesuchten Namen.

„Zuerst wollte ich mich bei der Witwe entschuldigen", sagte Christian. „Und als ich dann Ihren Unfall mitbekommen habe, hielt ich das für ein Zeichen, dass ich mich lieber um Sie kümmern sollte."

Mathilda nickte nachdenklich. Dann lauschte sie auf die Stimme am anderen Ende der Leitung. „Hannes? Ich bin es, Mathilda. Entschuldige die Störung, aber ein Freund von mir braucht ganz dringend deine Hilfe ..."

Nachdem sie aufgelegt hatte, wählte sie die Nummer des Polizeipräsidiums und ließ sich mit Saatkamp verbinden, der tatsächlich immer noch im Büro saß. „Kann man sich auch telefonisch stellen, wenn man ein Verbrechen begangen hat?", erkundigte sie sich.

Der Hauptkommissar schwieg einen Moment. „Frau Müller, Sie wollen mir jetzt nicht wirklich erzählen, dass Sie die Tat doch begangen haben?", fragte er dann irritiert.

„Ich nicht. Aber ich reiche Sie mal weiter", antwortete sie und gab Christian das Handy.

Der Junge versuchte ein Lächeln, ehe er sich abwandte und wieder auf den Teich blickte. „Guten Tag, mein Name ist Christian Jansen. Ich habe Peter Linke erschlagen. Ich bin ihm in der Nacht ..." Er verstummte und lauschte, dann gab er Mathilda das Handy zurück.

„Die mildernden Umstände aufgrund der Selbstanzeige sind notiert", sagte Saatkamp scharf, als sie sich wieder meldete. „Jetzt halten Sie den Jungen davon ab, sich um Kopf und Kragen zu reden. Ich bin in zwanzig Minuten bei Ihnen. Können Sie bis dahin einen Anwalt auftreiben?"

„Der braucht nur zehn Minuten", gab Mathilda weiter, was Hannes ihr versprochen hatte.

Saatkamp grunzte zufrieden. „Gut. Nicht gut. Wie auch immer, bis gleich dann. Sagen Sie ihm, er soll auf seinen Anwalt hören." Er legte auf.

„Was meinen Sie, muss ich vor Gericht aussagen, wo meine Mutter ... arbeitet?", fragte Christian leise.

„Sicher kann dein Anwalt dafür sorgen, dass die Verhandlung nichtöffentlich ist und niemand etwas erfährt", beruhigte ihn Mathilda. Zumindest hoffte sie das. Aber dafür waren nun andere zuständig. Hannes würde sich um den Jungen kümmern, und bestimmt konnte er auch dafür sorgen, dass Christians Mutter von diesen Männern nicht weiter erpresst würde. Mathilda hatte getan, was sie konnte. Jetzt, wo alle Antworten offenlagen und es keine Geheimnisse mehr gab, würde das Leben wieder seinen gewohnten Gang gehen. Zumindest für die meisten Menschen.

„Besuchen Sie mich mal?", fragte Christian nachdenklich.

„So oft wie möglich", antwortete Mathilda, und sie meinte es absolut ernst. Schweigend beobach-

teten sie die erste Libelle, die sich auf den Bruch-
steinen niederließ.

Über die Autorin

Andrea Tillmanns, geboren in Grevenbroich, lebt in Ostwestfalen-Lippe und arbeitet hauptberuflich als Hochschullehrerin. Sie schreibt seit vielen Jahren Gedichte, Kurzgeschichten und Romane in den verschiedensten Genres.

Weitere Informationen sind auf ihrer Website *www.andreatillmanns.de* zu finden.